나의 해방일지

4

일러두기

- 이 책은 박해영 작가의 드라마 대본 집필 형식을 존중하여 원본에 따라 편집하였습니다.
- 드라마 대사는 구어체인 점을 감안하여, 어감을 살리기 위해 한글 맞춤법과 다른 부분이라 해도 그 표현을 살렸습니다.
- 쉼표, 마침표 등과 같은 구두점과 대사의 행갈이 방식 또한 작가의 의도를 따랐습니다.

My
Liberation
Notes

나의 해방일지
4

박해영
대본집

용어정리

INS.(insert)	화면과 화면 사이에 끼워 넣는 삽입 화면.
#(scene)	씬(장면). 같은 장소, 같은 시간 내에서 이루어지는 일련의 행동이나 대사가 한 씬을 구성한다.
E(effect)	효과음. 화면 밖에서 들려오는 소리나 대사.
F(filter)	전화기 너머로 들리는 목소리나 속엣말.
OL(overlap)	오버랩. 앞 화면에 뒷 화면이 겹쳐지며 장면이 바뀌는 기법. 또는 한 사람의 대사가 끝나기 전에 다른 사람의 대사가 맞물리는 것.
컷 튀고(cut to)	하나의 장면에서 다음 장면으로 넘어감.
몽타주(montage)	여러 장면을 하나로 배합해서 일시적으로 보여 주는 편집 기술.

차
례

박 해 영 작가 의 명 대사 로 배 터 리

"넌, 나처럼 갈구하지 마. 사랑으로 폭발해 버려."
_4화 36씬 현아의 대사

저 역시 그렇게 해보고 싶었습니다. 사랑으로 폭발!!

"취했을 때의 내가, 맨정신일 때의 나보다 인정이 많아."
_6화 45씬 구씨의 대사

술을 좋아하는 지인이 한 말이었습니다. 그렇겠구나 싶었습니다.
우리가 술을 마시는 이유도,
술 취해서 하이해지는 자신이 마음에 드는 거 아닐까 싶었습니다.

"어우, 간만에 잘 울었다."
_7화 60씬 기정의 대사

기정이가 마을버스 안에서 울고 나서 하는 말이었습니다.
슬픈 감정을 툭 끊어내는 것 같아서 좋았습니다.

"세 살 때… 일곱 살 때… 열아홉 살 때…
어린 시절의 당신 옆에 가 앉아서,
가만히 같이 있어주고 싶다…"
_8화 71씬 미정의 대사

"애는 업을 거야. 당신을 업고 싶어.
한 살짜리 당신을 업고 싶어."
_12화 63씬 미정의 대사

인물이 뜨끈해지는 것 같아서 좋았던 대사입니다.

"형. 난. 1원짜리가 아니고. 그냥. 저 산이었던 것 같애.
저 산으로 돌아갈 것 같애."
_15화 67씬 창희의 대사

자신의 길을 담담히 받아들이는 인물이 안쓰러웠습니다.

13

"무서울 게 없는 오늘 밤, 난 무서기가 된다."

1. 산 중턱 (낮)

적막한 산 중턱에서 추위를 견디며 서 있는 구씨. 떨리는 숨.

그렇게 좀 서 있는데, 순간 빵 총소리.

후두둑 새들이 날고.

저 아래에, 사냥을 나온 신 회장 무리가 조준 사격을 끝내고, 그제야 두런두런 편하게 얘기하는 모습. 털모자에 중무장을 하고 하하하 좋은 시간. 여기 서 있는 구씨는 코트를 입고서 달달달…

신 회장이 구씨 쪽으로 올라오고.

마주 서 있는 신 회장과 구씨.

구씨   MD 하나가 사고 쳐서 경찰서에 잡혀갔는데, 클럽 일로는 아니고, 개인적인 일로 잡혀갔다가, 거기서 MD 단톡방까지 털린 것 같습니다.

신 회장 … (생각)

구씨   일단 테이블 시세를 알았을 테니, 거기에 맞춰 기재해야 될 것 같습니다.

신 회장 그럼… 우린 더 올려 팔아야지 뭐…

구씨   …

2. 산 입구 (낮)

휑한 곳에 구씨의 차 한 대만 있고,

구씨가 산을 내려오면,

삼식이 운전석에서 얼른 내려서 뒷문을 열어주고. 차에 오르는 구씨.

3.   달리는 차 안 (낮)

구씨는 차에 오르자마자 팔걸이에서 술을 꺼내 마시고.

차는 빠르게 출발하고. 구씨는 창밖을 보는데, 아직도 떨리는 숨. 또
마시고.

4.   클럽1 앞 (다른 날, 낮)

#이미 손님들이 줄 서 있고, 가드가 지키고 있는데.

　거기에 구씨의 차가 도착하고.

　구씨가 내리고, 조수석에선 가방 모찌가 내리고.

　가드가 길을 만들어주면, 구씨가 앞장서 들어가고, 가방 모찌가 따
　라 들어가고.

#구씨와 가방 모찌가 계단을 후루룩 내려가고.

#홀은 영업 준비로 바쁜 상황. 테이블 세팅하는 직원들, MD들은 테
　이블 경매(가위바위보로 하고, 이기고 신나서 고객에게 전화. "테이블 예
　약됐어요")로 정신없고. 그런 곳을 뚜벅뚜벅 걸어 들어가는 구씨. 좁
　은 복도로 들어가고. 코너를 돌아서 들어가고.

#사무실. 테이블에 5만 원권 뭉치가 1억 5천 정도 있고,

일 매출 계산서가 두 가지(장부 기재용과 실 매출) 놓여 있다.

구씨는 서서 한 손에 양주잔을 들고, 계산서를 보고.

별문제 없다 싶은지 원샷 하고 쾅! 잔을 놓고 나가면,

가방 모찌가 돈과 계산서를 가방에 넣고.

5.   클럽2 앞 (밤)

#입장을 막는 가드와 언쟁을 벌이고 있는 손님들이 있는 곳을 뚫고

들어가는 구씨와 가방 모찌.

#홀은 이미 영업 중인 상황. 음악이 시끄럽고.

그런 곳을 빠르게 뚜벅뚜벅 걸어가는 구씨와 가방 모찌.

#사무실. 2억 정도의 돈이 있고.

구씨가 계산서를 보고, 들고 있는 잔이 찰랑찰랑.

원샷 하고 쾅! 돌아서면, 가방 모찌가 슥슥 담고.

6.   현진 업소 외경 (밤)

호빠로, 클럽과는 다른, 외진 곳의 한적한 분위기.

7.   현진 업소. 사무실 (밤)

테이블에 돈뭉치가 5천 정도. 이전 점포와 확연히 차이가 있는.
구씨는 잔을 들지도 않고, 양주잔 아래서 손가락만 톡톡톡…
구씨가 계산서와 돈을 보다가 눈을 들어 정면을 보면,
현진이 애매하게 보다가 시선을 회피하고.

현진   미수가 많아서…
구씨   손님 미수야, 마담 미수야?
현진   … (마담 미수인 듯)
구씨   장부 갖구 와. (소리치는) 마담들 들어오라고 해라!

구씨가 가방 모찌에게 눈짓하면, 가방 모찌가 나가고.

구씨   (낮게, 그러나 무섭게) 애들이랑 또 도박했지?
현진   (확 짜증이 일고) 미쳤냐 씨이! 끊은 지가 언젠데. 진짜 안 해!
구씨   (믿지 않는 듯. 두고 봐 씨)

복도. 열댓 명의 마담들이 사무실로 들어가고.

8.   현진 업소. 사무실 (밤)

구씨는 장부를 펼쳐놓고 서서, 마담 중에 한 놈(정욱)에게 구씨   마담 된 지 얼마 됐어?

정욱   3개월 됐습니다.

구씨   3개월 만에 미수가 이렇게 많아? 120, 이건 뭐야?

정욱   손님이 핸드폰 번호 바꾸고 잠수 타서요.

구씨   선수들한테 물어봐도 나오는 거 없어?

정욱   알아내도… 받기 힘들 거예요. 돈 없는 애들이라.

구씨   (그 말에 보는) !

정욱   (덧붙여야겠다 싶어) 여자애 둘이서 월급 쪼개가면서 가끔 오던
       애들인데, 계산할 때도 카드 여러 개로 나눠서 하고… 그랬던
       애들이라…

구씨   월급 쪼개서 오는 애들, 외상 하는 날 잠수 타는 날인 거 알고
       준 거네?

정욱   !

현진   (구자경 이놈 폭발한다 싶어 깝깝하고)

구씨   춘자야!!

#홀. 삼식은 간식을 우걱거리며 있다가, 눈알 굴리며 좌중을 보는.
  아무도 움직이지 않자 뛰어가고.

9.   현진 업소. 사무실 (밤)

삼식   부르셨습니까?

구씨   쌔비 오라고 전화해.

015

모두	(그 말에 불편한 분위기를 감지한 듯. 흠흠)
삼식	쌔비 형님, 오늘 부산 가셨습니다. 수금하러.
모두	… (조금은 안도)
구씨	… (정욱에게) 민쭝 사진 찍어놨지? (일어나 나가며) 따라와.
정욱	…
현진	(깝깝한 얼굴)

10. 현진 업소. 복도 (밤)

구씨는 사무실을 나와 대기실 쪽으로 가고, 따라가는 정욱.
복도에는 선수들이 일렬로 벽에 붙어 서 있고.
룸 문이 열릴 때마다 술 취해 소리 지르는 여자들의 목소리.

11. 현진 업소. 대기실 (밤)

구씨가 불쑥 들어오자 노닥거리던 놈들이 자세를 고쳐 앉고 인사.
"안녕하십니까." 카드 하던 놈들은 빠르고 자연스럽게 카드를 쓸어서
바닥으로 떨어뜨리고.
구씨는 정욱에게서 핸드폰을 받아서 던지듯이 테이블에 밀어두고.

구씨	아는 대로 불어봐.

핸드폰에 있는 여자의 민증 사진을 돌려가면서 보는. 여자를 상대한 적이 없는 놈들은 핸드폰을 보다가 물러나 앉거나, 넘겨주고.

#홀 일각.
  업소 직원은 삼식에게

직원   대표님, 왜 맨날 너 아무렇게나 부르냐? 춘자야, 말자야…
삼식   (쭈뼛쭈뼛) 제가… 개명했잖아요. 그 이름이… 정말 맘에 안 드신대요.
직원   뭐라고 개명했는데?
삼식   (눈치 보이는)
직원   설마 '빈' 이런 거 들어가는 거냐?
삼식   (그런 듯 가만)
직원   에이씨.

12.   현진 업소. 대기실 (밤)

  핸드폰을 돌려 보다가 한 놈이 알아보고

남자1   아, 이 언니. 취하면 사투리 장난 아니던데.
남자2   (보며) 떡대랑 같이 오던 언니?
남자1   소문날까 봐 무서운 언니들은 같이 오는 친구가 안 변하잖아요.
       별로 친해 보이지도 않는데 꼭 둘이 같이 왔었는데. (남자2에게)

피부과 다닌다고 하지 않았나?

남자2   (가만히 보며 생각하는) 화장품 가게.

남자1   맞다. 화장품 가게.

구씨   어디?

남자2   되세 올드한 동네였는데. (손가락 튕기며) 명동!! 명동에 있는 백
화점이요. 백화점 다닌다고 했어요.

구씨는 바로 나가고, 정욱은 문제의 핸드폰을 챙겨 나가고.

13. 달리는 차 안 (밤)

삼식이 굳어서 운전하고, 옆에는 가방 모찌.
구씨 옆에는 정욱이. (차량의 시계는 7시 45분 정도)

구씨   내가 어떻게 2주 만에 마담 하고 1년 만에 사장 됐는지… 봐봐.

정욱   …

14. 백화점 화장품 매장 (밤)

구씨가 한쪽 출입문을 훅 열고 들어오면,
클래식 음악이 잔잔히 흐르는 백화점 1층.
뚜벅뚜벅 걸어가는 구씨. 조용한 곳에 어울리지 않게 진격하는 것 같

은 발걸음.

구씨는 좌우를 봐가며 여자를 찾고…

정욱은 제발 여자가 없길 바라며 쫓아가고…

구씨   저-기 있네.

정욱   !

구씨   뭐 하냐? 내 눈에는 보이는데 안 보이냐? 우측 한 시 방향.

정욱은 용기 내 소리치려고 가슴팍이 올라가다가… 말자,

구씨가 훅 앞으로 치고 나가며 쩌렁쩌렁하게

구씨   야 이 호빠에서 술 처먹고 날른 년아!!

주변 사람들은 화들짝 놀라서 보고.

허리 숙여 뭔가를 꺼내던 여자는 공포에 젖은 얼굴로 천천히 일어나

소리 나는 곳을 보고. 그대로 굳는. 멀리서 저벅저벅 걸어오는 구씨.

구씨   남자 끼고 공짜로 술 처먹을 땐 좋았지!

여자는 꼼짝도 못 하고 혼절하기 직전.

장내 모든 사람들의 시선이 전부 구씨를 따라 움직이고.

구씨는 무섭게 뚜벅뚜벅 다가오고.

여자는 쓰러지기 직전인데, 구씨가 여자 앞에 멈춰 서서

구씨   내 돈 내놔 ****년아!!
여자   (쓰러질 듯 눈이 감기는)

15.   백화점 일각. ATM 기기 앞 (밤)

여자는 벌벌 떨면서 화면을 터치하느라 잘못 누르고. "잘못 누르셨습
니다"라는 기계음. 여자는 정신 차리려 눈을 감았다 뜨고. 심호흡하
고. 얼굴을 만지고.
정욱은 그런 여자를 보면서 같은 양의 스트레스를 견디는 듯.
여자가 돈을 뽑아 돌아서다가 후루룩 떨어뜨리고.
여자가 쪼그려 앉아 줍자, 정욱도 같이 줍고.
구씨는 한쪽에서 그걸 보다가 뚜벅뚜벅 간다. 아무렇지 않은 얼굴.

16.   백화점 앞 (밤)

좌우를 보는데 차가 바로 앞에 와서 끼익 서고.
구씨가 차에 오르고 문이 탁 닫히면서.

17.   달리는 차량 (밤)

구씨는 병뚜껑을 열어 또 술을 마시고.

바짝 얼어서 운전하는 삼식. 조수석에 앉은 가방 모찌도 조용.

18. 오피스텔. 복도 (밤)

#구씨와 가방 모찌가, 사람이 한 명도 없는 적막한 오피스텔 복도를
뚜벅뚜벅.
#신 회장도 역시 그런 식으로 가방 모찌를 달고 복도를 걸어가고.
신 회장과 가방 모찌가 한 오피스텔로 들어가고.

19. 오피스텔 (밤)

구씨와 신 회장은 소파에 마주 앉아 있고, 양복을 입은 남자가 회계
정리를 하고 있고, 양쪽의 가방 모찌들은 돈다발을 풀어서 현금 계수
기에 넣고, 확인하고, 다시 묶는 작업. 일이 끝나면, 현금은 신 회장의
가방 모찌가 가방에 챙기고, 계산서와 장부는 양복 입은 남자가 금고
에 넣는다.

20. 오피스텔. 복도 (밤)

다시 반대 방향으로 걸어가는 신 회장과 가방 모찌.
역시 반대 방향으로 가는 구씨와 가방 모찌.

21.   구씨 업소 앞 (밤)

룸살롱으로, 외관은 카페나 레스토랑 같은 조용한 분위기.
구씨의 차가 와서 서고, 구씨가 내리면,
가방 모찌가 따라 내리며,

가방   (꾸벅) 수고하셨습니다.

구씨는 안으로.

22.   구씨 업소. 사무실 (밤)

조용한 실내. 가만히 앉아서 술을 마시는 구씨.
무슨 생각에 빠져 있는 것처럼, 창창한 눈빛으로 가만.
눈도 충혈되고 몸은 지쳤는데 정신은 또렷한 듯.
룸의 문이 열리고 닫힐 때마다 들려오는 소리인 듯, 노랫소리, 취객
소리가 잠깐씩.

23.   구씨 업소 (밤)

#복도. 문 앞에 쌩뚱맞게 유모차가 있고.
  그 문 안은 주방. 업소의 언니가 아이(7개월 정도)를 안고 어르고

있다. 주방 아줌마도 안주를 만들며 아이를 어르고.

그때 아이 엄마로 보이는 여자가 슬리퍼를 질질 끌고, 눈에 불을 켜고 들어오고. 여자 뒤로는 두 명의 경찰이 따라 들어오고. 이리저리 보다가 복도에 있는 유모차를 보고는 달려가는. 주방에 아이가 안전하게 있는 걸 확인하고는, 이 개새… 룸을 뒤지기 시작하는. 언니는 상황을 감지하고,

언니   엄마 왔네. 집에 가자. 옷이 어딨나…

그렇게 아이를 안고 복도로 나오는데, 여자가 남편을 찾았는지,

여자   (E) 야 이 새꺄! 니가 사람 새끼냐? 애를 데리고 여길 와?
남자   (E) 그러게 누가 애만 놓고 나가래?

언니는 난장판인 걸 보고, 애를 안고 돌아서 다른 데로.
아이를 두고 나왔는지, 빈손으로 나와 방문(구씨 사무실)을 닫고.

24.   구씨 업소. 사무실 (밤)

정지 자세로 가만히 있는 구씨.
아이가 맞은편 소파에 앉아 있다.
조용한 실내에 구씨와 아이만 뚝 떨어져 있는, 낯선 상황.
밖에서는 여자와 남자의 싸우는 소리.

가만히 서로를 보는 구씨와 아기.

술잔을 들고 있던 구씨는 어쩔까 하다가, 살짝 잔을 들어 보이는. 건배 제스처.

애는 젖병을 들고 있고.

애는 울까 말까… 하는 표정.

구씨는 울면 안 되는데… 긴장하고.

그렇게 두 사람이 쳐다보고 있는데, 그때 언니가 애기 옷을 챙겨 들어오고.

그러자 숨이 터지며 안도하는 구씨.

언니는 애 옷을 입히고, 야무지게 여며주고.

언니   집에 가자… (애를 안고서 구씨를 향해) 아저씨 안녕…

구씨는 잔을 입으로 가져가다가 멈칫. 인사? 해야 하나?

애가 나가고. 술을 마시는데, 뭔가 아쉬움.

25.   달리는 차 안 (밤)

구씨는 뒷좌석에서 멍하니 창밖을 보는데,

삼식   저녁 드셔야죠?

구씨   …

삼식   오늘 아무것도 안 드셨잖아요.

구씨   …새벽 네 시에 먹는 게 저녁이냐, 아침이냐?

삼식   …자기 전에 먹는 건 저녁이라고 생각합니다. 자고 일어나서 먹
      으면 아침이고.

구씨   …

26.   단골 바 (밤)

조용한 바에 가만히 앉아 있는 구씨.
그렇게 혼자 앉아 있는데, 중년의 여자(마담)가 바 안에서 조용히 다
가와,

마담   (작게) 혹시 식사하셨어요?

쳐다보긴 했으나, 대답도 하기 싫다. 아무것도 하기 싫다.

마담   새로 오신 주방 아주머니 솜씨가 아주 좋아요. 한번 드셔보세요.

마담은 주방으로 들어가고.
구씨는 그러거나 말거나. 테이블에 고개를 박아도 될 만큼 피곤.
마담이 다시 나와서 움직이는데.

구씨   애기 본 적 있어요?

마담   ?

구씨   애기.

마담   애기… 본 지 오래된 것 같네요. (새삼 그렇다 싶은) / 갑자기 애
       기는 왜요?

구씨   … (딴짓하다가) 가게에… 애기가 왔었어요. 어떤 미친놈이… 애
       를 데리고 와서… (그냥 그렇다고요. 얘기가 끝났다고 생각했는데)

마담   (움직이다가) 새가 날아 들어온 것 같았겠네요.

       구씨는 그런가? 그랬던 것 같기도…
       그렇게 있는데, 그때 구씨의 앞에 간소한 밥상이 놓이고.

마담   드세요.

       그걸 보는 구씨의 시선.

구씨   !

       미정이네서 먹던 빨갛게 볶은 고구마줄기(말린 것 말고, 데쳐서 냉동한
       것. 혹은 하우스 고구마줄기). 그걸 가만히 보고 있는 구씨.
       외면하듯이 술을 마시고.

27.   구씨 거처. 오피스텔 앞 (다음 날, 낮)

       휑한 도로에 서 있는 구씨. 차들이 빵빵거리는 소리. 오늘도 춥다.

잠시 후, 차가 와서 서고. 삼식이 운전석에서 내려

삼식   안녕히 주무셨습니까!

얼른 뒷좌석의 문을 열어주는데, 구씨는 선뜻 발이 가지 않는다.
타기 싫은 걸 억지로 타는 듯 천천히.
차가 떠나고 나면 휑한 거리.

28.   구씨 사무실 (낮)

의자에 가만히 앉아 있는 구씨.
또 술을 마시고 있고.
그렇게 멍하니 한참을 앉아 있다가… 갑자기 우렁차게!

구씨   미정아! 염미정!

[INS. 씬71. 미정 회사 앞. 부르는 소리에 돌아보는 미정.]
창창한 구씨의 눈빛.

삼식   부르셨습니까?
구씨   (다그치는 느낌) 너 뭐 하고 싶냐?
삼식   에?
구씨   내가 기분이 끼깔나게 좋아지고 싶은데, 뭘 하면 좋을지 모르겠다. 니가 원하는 거 해줄게. 뭐 하고 싶어?

삼식   (우왕좌왕하는 눈빛)

구씨   오늘, 어떤 일이 벌어졌으면 좋겠다, 그런 거 없어?

[INS. 씬71. 미정 회사 앞. 지희: (목소리만) 그런 거 없냐고!
그 말에, 말할 듯 말 듯 빙긋이 쳐다보는 미정의 모습에.]

구씨   (E) 말해봐!

삼식   (우렁찬) 집에 가고 싶습니다!!

구씨   !

삼식   (말해놓고 나니 울컥. 민망하고)

구씨   !

삼식   (울먹) 나주에 있는… (다시 우렁찬) 집에 가고 싶습니다!

구씨   …!

29.   구씨 업소. 홀 (낮)

삼식은 5만 원권으로 100만 원 정도를 손에 쥐고 훌쩍이며 나오다가
으악!

삼식   나 집에 간다!! (신나서 움직이는)

30.   구씨 업소. 사무실 (낮)

구씨는 가만히 앉아 있고.
그러다가 갑자기 벌떡 일어나고.

31.   도심 일각 (낮)

뚜벅뚜벅 걸어가는 구씨.
그렇게 걸어가서… 지하철 역사로 후루룩 내려간다.

32.   달리는 전철 안 (저물녘)

흔들리는 전철. 구씨는 문가에 서 있고. 설레면서 두려운 마음.
순간 전철이 지상으로 훅 나오면서 창밖이 보이는데, 저물녘.
뭔가 차분해진다. 진정이 된다. 가만히 보는.
그러다가 한곳을 보고 시선이 멈추고.
[오늘 당신에게 좋은 일이 있을 겁니다]라는 해방교회 간판.
아는 사람 본 것처럼 반갑고. 살짝 울컥한 미소.
그런 구씨의 표정에서…
#구불구불 달려가는 전철 모습이 부감으로.

33.   도심 외경 (낮) - 2019년 가을

낙엽이 엄청나게 날린다.

그런데 잠시 후, 낙엽이 떨어지는 게 아니라, 나무로 빨려 올라가는 느낌. 시산을 리와인드하는 느낌.

34.   미정 회사. 사무실 (낮)

가습기에서 물이 뿜어져 나오는, 건조한 계절.

미정은 최 팀장 앞에 서 있고.

최 팀장 정규직 전환 심사에 낸 자료 봤는데… (세련된 그린카드 책자를 던져 놓으며) 그린카드 책자를 염미정 씨 포트폴리오에 넣어도 되는 건가? 혼자 했다고 할 수도 없는 건데. 지분을 챙겨 갈 수 있는 게 아니지 않나?

미정 근무하면서 지금까지 했던 일을 내라고 해서 첨부했던 거고, 그리고 새로운 디자인 기획안도 첨부했기 때문에, 어디서부터 어디까지가 제가 한 건지, 대충 가늠될 거라고 생각됩니다.

최 팀장 어디서부터 어디까지 염미정 씨가 한 건데?

미정 …!

35. 미정 회사. 복도 (낮)

미정과 보람이 퇴근 차림으로 엘리베이터 쪽으로 가고.
보람은 낮게 성질내며 뚜벅뚜벅

보람 도와주지는 못할망정, 정규직 될까 봐 아주 전전긍긍이지, 미친
     새끼. 사내 공모전 1등 할 것 같으니까 쫄리는 거지. / 언니 정규
     직 되는 거 부럽다가도 저 인간 계속 볼 거 생각하면, 으⋯ (미정
     을 보며) 어뜩할래요? 저 인간 계속 보고 살아야 되는데.

미정 누가 더 오래 다닐 것 같니?

보람 오, 이 언니 개 건방져졌어. 사내 디자인 공모 1등!

그때 땡동 엘리베이터가 도착하고.

미정 (타며) 아직 몰라.

보람 (타며) 이변 없습니다. (문이 닫히는 와중에, 낮게) 그 얘기 들었어
     요? 최 팀장⋯ 바람핀대.

미정 헐⋯

보람 우리 회사 여직원이랑⋯

미정 헐⋯

그런 미정의 모습에 엘리베이터 문이 닫히고.

36.   미정 회사 앞 (낮)

미정과 보람이 나오는데, 바람이 엄청 불고. 옷을 여미며 움츠러들고.

미정   으아… 어떡해… 쓸쓸해.
보람   언니 여름에 충전해 놓은 기분 써요. 왜 우리 그때 충전했었잖
        아요. 되게 더울 때.
미정   으… 싫어. 더 추울 때 꺼내 쓸 거야.

그렇게 웃으며 가는 미정.

37.   집 외경 (밤)

38.   집. 거실과 주방 (밤)

바람이 불어 덜컹거리는 창문. 혹은 바람 부는 소리.
미정은 혼자 식탁에 앉아서 저녁을 먹는 끝물.
혜숙은 창문을 꼭 닫고, 김이 모락모락 나는 보리차를 따라 놓으며

혜숙   소라 할머니 전화 왔었는데, 방 어떻게 해야 되는지 구씨한테
        물어보래. 1년치 월세 다 냈는데, 계약한 날까진 비워놔야 되는
        건지, 다시 세를 놔야 되는 건지… 물어보래.

미정	(일어나 식탁 정리)
혜숙	뭐 급하다고 주인한테 온다 간다 말도 없이 갔는지. 번호 바꾼 것 같던데. 너랑은 연락될 거 아냐. (미정을 보는데)
미정	…나도 몰라.
혜숙	!
미정	… (움직이는)
혜숙	왜 몰라? 연락 안 돼?
미정	…안 해.

미정은 그냥 방으로 들어가고.
혜숙은 움직이다가 손놀림이 멈칫멈칫.

39. 집 앞 (밤)

중무장을 하고 조용히 나오는 미정.
나오자 이제 숨이 쉬어지는 듯, 호흡이 터지며 빠르게 걸어가는.
그렇게 구씨네 앞을 뚜벅뚜벅 지나치고.

40. 동네 일각. 구릉 (밤)

11화 초반에 구씨와 같이 걸었던 언덕을 혼자 걸어간다.
휑한 얼굴로 바람을 맞으며 걸어가는 모습에

미정   (E) 답답할 땐, 오늘 죽자, 죽어도 된다, 그런 심정으로 밤길을 걷기요. 불빛 하나 없는 산을 걸어요. (좀 걷다가) …사내놈 하나 떠난 게 뭐 대수라고. …행복한 게 무서워 도망친 새끼.

멈춰서 풍경을 보고. 그리고 다시 걸어가는데,
뭔가 이상한 느낌에 멈춰 선다.
저 멀리 빛나는 두 개의 눈. 어슴푸레한 하얀 몸체.
잡히지 않은 들개 중의 한 마리인 듯.
들개가 어슬렁거리며 천천히 다가온다. 일정 거리를 두고 멈춰 서고.
미정은 쫄지 않고. 구씨를 보듯 원망과 비장미로 들개를 보는.

미정   (E) 무서울 게 없는 오늘 밤, 난 무사가 된다.

땅을 쓸며 한쪽 발의 보폭을 넓히고. 막대기를 꽉 쥐고 칼처럼 치켜들고.

미정   붙어 개새꺄.

가만히 있는 개.

미정   배은망덕한 새끼. 너한테 갖다 바친 쏘세지만 몇 갠 줄 알어?

마주 서 있는 미정과 들개.

미정   (E) 시원하게 피를 철철 흘리고 싶다.

그렇게 들개와 마주 서 있는데, 점점 울컥해지는 미정.

그때 개가 조용히 돌아서 가버리고.

컷 튀면,

왔던 길을 빠르게 돌아가는 미정. 순간 무서워진 듯.

헉헉대는 숨소리. 답답함은 사라진 듯 급히 가는 모습.

미정   (E) 엉뚱한 곳에 나를 던져놓으면⋯ 아주 잠깐, 어떤 틈새가 보
         여요. 아⋯ 내 머릿속에⋯ 이런 게 있었구나⋯

41.   동네 일각 (밤)

구씨네 집 앞에 서 있는 미정.

미정   (E) '버려진 느낌⋯'

그렇게 서 있다가 집 쪽으로 가는.

42.   병실. 1인실 (밤)

창희가 드라이어로 혁수의 머리를 말려주고, 끝.

창희는 화장실 들락거리며 뒷정리하는데,

혁수 처음에 암이라고 했을 땐, '그래… 내가 너무 막살았지… 정신 차려야지…' 재발됐다고 했을 땐 바로 딱, '현아 잡아야 된다. 이 번엔 힘들 건데. 잡아야 된다.' 지옥에 떨어져도, 거기에 현아랑 너만 있으면 무서울 게 없을 것 같애.

창희 (헐) 이래서 순장이 생긴 거구나.

혁수 천하를 호령하던 황제도 무서웠던 거야. 다 같이 가자!!

창희 내가 왜 형을 따라가요? 우리가 연애 했어요, 뭘 했어요?

혁수 현아랑 연애하는 내내 우리 셋이 연애하는 것 같았다. 얼굴 한 번 본 적 없는 놈하고 셋이. 맨날 창희, 창희 하는데, 어떤 놈이 여자 입에서 딴 남자 얘기 듣는 게 좋아? 죽었다 깨나도 그런 사이 아니라고 박박 우겨대는데, 너는 아니어도 그놈은 아닌 게 아닐 거다…

창희 (힘든 듯) 형, 왜 이렇게 쌩쌩해?

혁수 다 같이 간다고 생각하니까… 신나.

창희 안 간다고요. 난 형 따라 안 가. 미쳤어요?

혁수 상상도 못 하냐? 상상은 나의 힘! 우린, 지옥에서도 재밌을 거 야. 히히히.

창희 (지쳐서 앉아서 혁수를 보다가) 형, 사람 디게 잘 엮는다. 왜 이렇 게 밀고 들어와? 우리가 무슨 사이라고.

혁수 나한테 엮였다고 생각해? 현아한테 엮인 거야.

창희 (인정하고. 아, 이 커플 사기단)

혁수 (거울 보며) 약이 좋아져서, 다행히 머리는 많이 안 빠져.

창희 (보다가) 이 와중에 머리 빠지는 게 걱정이에요?

혁수 (약간 머쓱. 계속 거울 보다가) 그러는 넌? 암환자 앞에서, 아부지

한테 혼날 게 걱정이냐?

창희 … (그 생각에 답답하다)

혁수 … (거울 보며) 큰일 아니다…

그때 문이 거칠게 드르륵 쿵 열리고. 취한 현아가 서 있다.

손목에 클럽 띠가 있고, 얼굴과 옷에 반짝이가 붙어 있고.

혁수 오셨네. 오늘도 어김없이 불사르시고…

창희가 가방을 챙겨 일어나고,

현아는 체인지하자는 듯 손을 들고, 창희가 손을 부딪치며 나가고.

43. 병원. 복도 (밤)

나와서 내다보는 현아와 혁수.

혁수 내일 봐. (창희를 보는 그윽한 미소)

현아 가. 수고했어.

창희 (돌아보지도 않고, 대충 손을 들어 보이고 가고)

혁수 (들어가려다가 현아를 보고) 인간적으로 빤짝이는 떼고 들어와라.

아, 술 냄새…

혁수와 현아는 병실로 들어가고.

어두운 복도를 걸어가는 창희. 마음이 무겁다.

44. 집 외경 (아침)

45. 집. 창희 방 (아침)

동터오기 시작하는 듯, 창밖이 푸르스름하고.

달게 자고 있는 창희의 모습 위로, 압력밥솥이 지지직거리는 소리, 뚝

딱뚝딱 도마질 소리. 잠시 후, 혜숙이 문을 벌컥 열고.

혜숙   얼른 안 일어나?

창희   (그래도 꿈쩍도 안 하고)

혜숙   출근 안 해?

창희   (간신히 꾸물거리는데 이불 속으로 더 파고드는)

혜숙   (속 터지는 얼굴로 아웃)

46. 집. 거실과 주방 (낮)

창희는 간신히 나와 앉은 듯, 식탁에 어정쩡하게 옆으로 앉아 있는데,

가스레인지 앞에서 움직이던 혜숙이 돌아서다가 그런 창희를 보고.

어어?

혜숙   안 씻고 뭐 해?

창희는 뭐라고 말할 듯하다가 말고. 죽기보다 힘든 듯, 간신히 일어나
화장실로.
기정은 화장실에서 나와 방으로 가며 그런 창희를 흘기고, 붕신…

47.   동네 일각 (낮)

완연한 가을 풍경. 창희는 거의 울겠는 얼굴로 휘청거리며 걷고.
기정은 그런 창희를 흘겨보고.

기정   붕신. 어으어으.
창희   조용해라. 짜증 나 죽겠는데 씨이.
기정   언제 말할 건데?
창희   할 거라고!
기정   언제?
창희   에으씨 진짜.

그때 용달이 오는 소리에 삼 남매는 아무렇지 않게 가던 길을 가고.
제호가 운전하고, 옆에는 뚱한 얼굴인 혜숙.
용달이 삼 남매 앞으로 지나가자, (짐칸에는 싱크대가 실려 있고)

기정	엄마!! 이 새끼 회사 때려쳤대!!
창희	(헉!)

끼익! 저 앞에 멈춰 서는 용달.
창희는 어우 씨. 이걸 어찌해야 되나. 멈춰 있는 용달에서 뭔가 튀어
나올 것 같고. 용달을 외면하듯이 도로 집으로 가는 창희. 어우씨. 저.
미정은 눈치 보며 마을버스 정류장으로, 기정은 뻔뻔한 얼굴로 가고.
창희는 용달을 계속 돌아보면서 집으로. 어우씨.

48.   집. 거실과 주방 (낮)

창희는 미쳐버리겠다. 창밖을 힐끗거리고.
그러다가 용달을 숨죽이며 보는데, 멈춰 있던 용달이 다시 가던 길을
간다. 눈이 번쩍. 일단 살았다. 신난다. 방으로.

49.   집. 창희 방 (낮)

창희는 옷을 홀떡홀떡 벗고, 추리닝을 입고.

창희	몰라 몰라. 이따 죽어.

이불 속에 들어가 눕고. 어우 따뜻하다. 눈 감고 가만.

50.   달리는 용달 안 (낮)

제호는 굳은 얼굴. 혜숙은 애간장이 녹고.
일단 일하러 가자고 설득한 듯.

혜숙   사람들 기다려요. 씽크대 달고 와서 얘기해요.

51.   집. 창희 방 (낮)

창희는 이불 속에 가만히 있다가… 에이씨. 일어나 앉는다.
잠이 날아갔다. 쓸쓸한 기운. 그렇게 좀 있는 상황.

52.   회사 근처 (낮) - 회상

벤치에 앉아 있는 창희와 강 팀장. 담담히 말하는 창희.

창희   때려치려고 할 때마다, 여름휴가까지는 챙겨 먹고, 이왕이면 추
         석 연휴까지… 그러다가 연말엔 쓸쓸하니까, 봄은 견딜 만하니
         까… 그렇게 한 바퀴를 돌아요. 제가 정 선배처럼 돈에 깃발 꽂
         고 죽어라 달리는 욕망 덩어리도 아니고. 여기까지 달려봤으면
         된 것 같애요. 내 길이 아닌데, 계속 떠밀려서 달려갈 필요는 없
         잖아요.

강 팀장 나한테 설명할 필요 없다… 왜 모르냐…

창희 솔직히 진… 싯발 꽂고 싶은 데가 없어요. 돈, 여자, 명예… 어디
에도. 근데… 꼭… 깃발을 꽂아야 되나… 안 꽂고, 그냥 살면 안
되나… 없는 욕망을 억지로 만들어서 굴려갈 수도 없는 노릇이
고…

53. 구씨네 앞 (낮)

구씨가 산을 바라보고 앉아 있던 자리에 창희가 앉아 있다.

창희 (E) 형이 있었으면 좋겠어요. 그럼 나는 그냥 내 마음대로 살아
도 되고. 태어나지도 않은 형이 그리워요.

54. 집. 거실과 주방 (밤)

제호는 묵묵히 밥을 먹고, 혜숙은 맞은편에 외면하고 앉아 있는 분
위기.
창희는 면목 없는 듯 바닥(혹은 소파)에 앉아 있고.
기정은 화장실에서 나와서 한숨 쉬는 혜숙을 보고는

기정 뭐 초상났어요? (물 마시러 움직이며) 한 직장 8년 다녔으면 됐어
요. 얘 거기서 마흔 넘기면 딴 데 못 가요. 한 살이라도 젊을 때

움직여야지. 요즘 애들 취직하고 1년도 안 돼서 요리조리 얼마나 잘 옮겨 다니는데. 한 직장 오래 다니는 거, 미덕인 시대도 아녜요. 적성을 어떻게 알아. 여기저기 다녀봐야 알지.

기정은 방으로. 그래도 무거운 분위기.
미정 역시 외면하듯이 방에서 맥북만 보고 있는데.
제호는 한참 만에

제호   그래서… 앞으로 뭐 할 건데?
창희   당분간… 아무것도 안 하려고요.

제호는 말이 없고. 그렇게 넘어가나 싶은데, 잠시 후.

제호   당분간 얼마나.

답답해 눈물이 나겠는 창희. 말을 말자 싶은데, 그러다가 결국

창희   아부지. 구씨한테 하던 거, 반의반만 저한테 하시면 안 돼요? 구씨는 안 보이면, 어디 아픈가, 밥은 먹었나… 그렇게 애지중지 마음 쓰면서… 어떻게 저한텐…

서러워 말을 끝맺지 못하고.
미정도 마음이 안 좋고.

창희   제가 그렇게 썩 잘나진 않았지만요, 저 밖에서 욕먹고 다니진
       않아요. 일하다 보면 인간 아니다 싶은 애들 많은데, 저 밖에 나
       가서 애비 누구냐 하는 소리 한 번도 들은 적 없어요. 며칠 전에
       회사에서 나온 거라고 들고 들어왔던 거, 저 그만둔다고 점주들
       이 준 거예요. 제 결혼식에 꼭 온다고, 축의금 50만 원 예약해
       둔 사람도 있어요. 그 사람들이 전부 인간적으로 괜찮았냐? 아
       뇨. 정말 힘들었어요. 아부진 한마디도 안 하고 하루 종일 기계
       랑만 일해서, 사람하고 일하는 게 어떤 건지 몰라요. 그래도 얼
       굴 붉히지 않고, 험한 꼴 안 보고, 선물 받고 나왔어요. 그럼 됐
       잖아요. 제가 영원히 논다는 거 아니잖아요. 그동안 수고했다,
       좀 쉬어라, 그래주면 안 돼요? (눈물이 날 것 같은…)

       각처에서 조용히 있는 식구들. 제호도 말이 없고.

55.   밭 (다음 날, 낮)

고구마밭.
제호는 삼지창(도라지창)으로 삽질하듯이 땅을 파 헤집어 고구마를
들춰낸다. 숨이 차고. 땀이 나고.
이미 한참을 삽질을 해와서, 쪼그려 앉아 박스에 고구마를 담는 혜숙
과 거리가 있고.
삼지창을 짚고 서서 잠시 쉬는데, 잠잠해지는 얼굴.
그렇게 있는 제호의 귓전에 우와--- 함성 소리.

56.   고등학교 운동장 (낮) - 16년 전

#이어달리기 중. 창희가 출발선에 있는데, 옆에 선 주자들은 벌써 바
  통을 이어 받아 내달리기 시작. 창희는 전전긍긍하지 않고, 집중해
  기다렸다가 바통을 받자마자 빠르게 내달린다. 꼴찌다.
#학교 담장 밖에 용달이 세워져 있고, 도면을 보며(학교 탈의실 도면)
  용달로 가다가 함성 소리가 이상하게 커지자 돌아본다. 창희가 한
  놈과의 거리를 좁혀가고… 결국 제친다!
  그러자 더 세지는 함성 소리.
  그걸 보는 제호!
  다음 놈과도 거리를 좁혀가는 창희.
  덩달아 세지는 관중들의 함성 소리.
  달려야 된다는 일념만 있는 창희의 얼굴.
  소름 끼치는 제호.
  저놈한테 저런 얼굴이 있었다니. 한 번도 본 적 없는, 집념의 얼굴.
  한 놈, 한 놈, 제칠 때마다 함성이 더욱 커지는데,
  제호도 숨이 터질 것 같다. 결국 1등으로 들어오고.
  제호는 떨리는 숨을 내뱉고. 환호하는 무리를 애써 담담히 보는
  제호.

57.   밭 (낮)

제호는 그때만 생각하면 울컥하는 듯.

괜찮은 놈인데, 나름 힘이 있는 놈인데, 내가 너무 막 했다 싶은.

제호는 다시 움직이기 시작.

그때 저 멀리서 창희가 밭일 복장으로 묵묵히 걸어오고 있다.

창희는 오자마자 바로 혜숙 옆에서 고구마를 담고.

혜숙은 그런 창희를 힐끗 보는데, 제호는 여전히 쳐다도 안 보고.

창희도 제호를 쳐다도 안 보고, 무거운 분위기로 일만 하는데,

그와 전혀 어울리지 않는 하하호호거리는 소리.

근처에 주말농장에 온, 제호 또래의 아비와 혜숙 또래의 어미와 창희 또래의 아들과 여동생, 4인 가족이 작은 규모의 고구마밭을 캐고 있다. 셀카를 찍어가면서.

딸   아빠, 여기!!

딸이 돌아서서 뒤에 있는 식구들을 셀카로 찍는데, 다들 큰 고구마를 들고 각자 위치에서 폼을 잡고. 포즈를 바꿔가며 몇 컷 찍고.

그러는 동안 그쪽 엄마의 눈에 창희네 고구마가 들어오는데, 다 잘다.

엄마   (나름 작게) 희한하네. 바로 옆 땅인데… 저긴 왜 저렇게 잘을 까…

아빠   (같이 그쪽을 보고, 나름 작게) 농사 오래 졌다고 다 잘 짓는 거 아냐. 유튜브 보고 배워야지. 요즘 세상에 배우고자 하면 얼마나 쉽게 배우는데.

제호는 못 들은 척, 고구마 박스를 들고 밭고랑을 허위허위 지나 용달

쪽으로. 일부러 그쪽 집은 쳐다도 안 보는 분위기. 그렇게 걸어가 용
달차 짐칸에 힘껏 박스를 올려 싣고. 제호는 다시 밭 쪽으로.

(용달 근처에는 그 가족의 세단이 주차돼 있다)

58. 동네 일각. 달리는 용달 (낮)

제호, 혜숙, 창희가 덜덜거리는 용달에 앉아 뚱하니 가는데,

백미러로 보면, 편도 1차선에서 용달 뒤에 졸졸 따라붙는 그 세단.

바짝 붙어서는 치고 나갈까 말까 움찔움찔하는 세단.

제호는 그러거나 말거나 상관없이 제 속도로 가는데,

갑자기 세단이 중앙선을 넘어서 쌩하니 용달을 추월해 가고.

그러자 갑자기 제호의 눈이 번쩍.

허벅지를 들썩여 가며 기깔나게 기어를 변속하고 내달리고.

혜숙   (애간장 녹아) 하지 마요…

제호의 용달이 쉬익 달려서 다시 세단 앞으로.

창희   (세단을 돌아보며) 어딜 함부로 씨이.

그런데 세단이 또 휙 추월해 버리고. 이런 씨이!

좀 전에 세단이 추월당한 건 경쟁의식이 없어서였는데, 그게 느껴지
자 속도를 확 올려 내빼는 분위기. 그러자 낡은 용달이 쫓아가기 버겁

게 됐고. 엔진 터질 듯이 쫓아가나 어려울 듯. 분한 제호. 창희도 덩달
아 열받고.

에라이! 제호가 냅다 샛길로 빠지자

창희　나이스!!

혜숙　(미치겠고) 하지 마요…

제호는 상관없이 내달린다. 저 끝에서 합쳐진다.

합쳐지는 저 길에서 내가 먼저 도착해, 저놈의 앞을 막으리!

저쪽에서도 레이스의 기운을 눈치챘는지 대놓고 내달리고.

저쪽 2차선 도로와, 이쪽 외길에서 똑같이 경주하는 모양새.

동일선상에서 보면, 제호의 용달이 세단을 거의 따라잡을 듯… 긴장

해서 옆(세단)을 보는 창희… 그렇게 달리고… 달려서… 간신히 앞서

게 되고… 이대로 조금만 더 가면… 앞지른다…

창희　아부지!! 밟아요!!

제호는 또 기어를 변속하고, 부웅!

합쳐지는 길에서 살짝 우회전(혹은 좌회전)만 하면 끝!

핸들을 살짝 트는데, 그대로 붕 날아오르고.

논두렁에 처박히고.

컷 튀면, 논두렁에 처박혀 조용한 용달. 짐칸에 있는 고구마 박스는

찢어진 것도 있고. 한참 만에 용달 문짝이 열리는데, 창희가 논으로

쏟아지고, 엎어지고. 이어서 혜숙이 따라 쏟아지고 엎어지며 어금니

를 꽉 물고 창희를 패고. 남편은 못 패니 아들을 패 잡고. 제호는 운전석에서 조용히 나와 논을 걸어 나가는.

59. 집. 거실과 주방 (낮)

압력밥솥에 쌀을 씻어서는 신경질적으로 개수대에 툭 놓는 혜숙.

혜숙 엠병. 논두렁에 꼴아박고 나서도 밥을 안쳐야 되니…

제호는 안 들리는 사람처럼, 문 앞에 쌓인 늙은 호박을 거실 한쪽으로 옮기는 중.
혜숙은 밥솥을 가스레인지에 얹고 불을 켜고. 식탁에 앉아 수건으로 얼굴을 닦고.

혜숙 밭 내놔요. 공장에 사람을 구하는 거하곤 상관없이, 밭일도 아냐. 정신없이 자라는 거에 덩달아 정신없이 뿌리고 거두고. 더는 아냐. 당신은 밥 먹고 수저 딱 놓고 공장으로 가고, 밭으로 가면 그만이지. 난 밭으로 공장으로 쫓아다니면서 집에 수십 번 들락거리면서 가스 불 켰다 껐다… 어떤 노인네가 친구들 만나고 들어와서 대성통곡하면서 그랬답디다. '(우는) 나만 남편 있어… 나만 남편 있어…'
제호 (상처 안 나게 호박을 정성스레 포개는)
혜숙 그 꼴 안 나려면, 알아서 해요. 빨간 날이 있어 뭐가 있어.

365일 매일. 교회 다닐 때는 하루라도 셨지. 그거 싫어서 교회도 때려친 양반이. 나 이제 교회 다닐 거예요! (비 오듯 흐르는 땀을 닦으며) 진짜… 어디가 고장 났나… 무슨 땀을…

60. 미정 회사. 태훈 사무실 (밤)

태훈은 핸드폰을 들고 좀 기다렸다가

태훈   퇴근했어요? 저 갑자기 일이 생겨서요. 오늘 늦을 것 같은데…

61. 기정 회사. 사무실 + 태훈 사무실 (밤)

가방을 메며 전화를 받는 기정.

기정   그럼 저 먼저 가 있을게요.
태훈   많이 늦을 것 같은데…
기정   너무 늦는다 싶으면 있다가 집에 가죠 뭐. 신경 쓰지 말고 일 보세요. 네. (끊고)
김 이사 (같이 나가며) 오늘 같은 날은 일찍 들어가 쉬지? 연애하다 골병 들겠네. 어떻게 하루도 안 쉬고 매일 가니.
기정   가까운데요 뭐.

62. 희선 가게 (밤)

뚝 떨어져 앉아 있는 기정과 유림. 손님도 없고, 희선도 없고, 둘만 있는 상황.
유림은 문제지만 보고 있는데, 기정은 가만히 있다가 담담히…

기정   생각해 봤어. 내가 니 나이고, 아빠한테 여친이 생겼다고 하면… (음) 싫겠구나. 그 여자가 어때야 마음에 들까? 친하게 지내려고 애쓰는 것도 싫을 거고, 눈엣가시처럼 쳐다보는 것도 싫을 거고. 그냥, 속없이 자기 혼자 잘 사는 여자면… 그나마 봐주겠구나.

유림   (여전히 쳐다도 안 보고)

기정   그동안, 속없이 잘 사는 여자처럼 보이려고, 계속 혼자 떠벌떠벌 했는데… 오늘은 작정하고 내뱉은 나의 설정 어린 말들이… 하나도 먹히지 않아서… 쫌 우울하다…

유림은 쳐다도 안 보고, 연필을 쥐고 학습지만 보는데,
기정은 그런 유림을 보다가,

기정   나 운다. (계속 아무 말 안 하면, 나 운다)

유림   …! (그래도 쳐다도 안 보고)

그때 딸랑 방울 소리. 기정은 힐끗 문 쪽을 보고는 살짝 경계하는 눈빛.
경선이 털썩 유림 옆에 앉아서 기정을 떨떠름하게 본다. 술 좀 마신 듯.

기정   늦었네…

경선   (무시하고, 유림에게) 근고노는?

유림   마트 갔어.

경선   (씨이) 너 혼자 두고?

기정   (나 있는데…)

경선   아빠는?

유림   늦는대.

경선은 기정을 보고. 마음에 안 드는 듯.

경선   넌 맨날 오냐? 빚쟁이야?

가만히 앉아 있던 기정은 순간 뿔따구 나고 서럽고.

쳐다는 안 보지만 그런 기정이 의식되는 유림.

기정은 가방을 챙겨 훅 나가버리고.

경선은 저 기지배가 같잖게 골낸다 싶은데, 유림은 마음이 안 좋은 듯.

그렇게 있는데, 또 딸랑 소리. 경선이 가만히 보는데…

기정이 도로 그 자리에 털썩 앉고.

기정   (아이처럼 서럽고 골난) 안 가. 태훈 씨 보고 갈 거야. (외면하듯이
       창밖을 보고)

그런 기정을 보는 경선. 여전히 쳐다보지 않는 유림.

63.   집 외경 (아침)

64.   집. 거실과 주방 (아침)

기정은 식탁에서 밥을 먹고, 혜숙은 돌아서서 주방 일.

혜숙   잘 생각해라. 남의 새끼 키우기 쉽지 않다. 내 새끼도 속 터지는
       판에.

기정   내 새끼니까 속 터지지, 남의 새끼가 왜 속 터져.

혜숙   (핵 돌아보며) 남의 새끼 미운 데 끝이 있는 줄 알어?

기정   …

혜숙   (뚝딱뚝딱 일하고)

기정   (어깃장) 누가 결혼한대? 그냥 연애만 하는 거야!

혜숙   연애만은. 정들면 끝이지. (행주를 개수대에 패대기치고) 어우. (행
       주 빨며) 그때 깨끗하게 돌아섰어야 되는데, 염병. 나 아니면 여
       자 없을까 봐, 눈도 못 마주치고 있다가 가는 거 안쓰러워서…
       여태 밥 해다 바치고 앉았으니… (그러다가 기정을 보며) 엄마가
       슬쩍 볼게. 보면 알아. 짝인지 아닌지.

기정   됐어요.

혜숙   지나가면서 슬쩍 보면 되잖아!

기정   …

혜숙   정들기 전에!!

65.   수제비집. 주차장 (다른 날, 낮)

태훈이 탄 차량이 주차장으로 들어오고.

주차된 차에서 태훈과 기정이 내려 가게 안으로.

66.   수제비집. 홀 (낮)

태훈과 기정은 주문을 해놓은 상황. 창밖을 보며 얘기.

태훈은 어려서(중학교 때) 여기 왔었다는 그런 얘기.

기정은 태훈의 그런 얘기를 들으며 간간이 긴장한 낯빛.

한쪽을 보면, 혜숙이 혼자서 수제비를 먹고 있다.

대각선으로 태훈이 잘 보이는 위치. 먹으면서 슬쩍 태훈을 보는데.

첫눈에 마음에 든다 싶은. 뭔가 안도하는 느낌.

다 먹고 물을 마시고는 평온한 얼굴로 앉아 있다가 일어나고.

기정은 계산대로 가는 혜숙을 힐끗 보고. 가는구나…

혜숙은 계산을 마치고 문을 나가고, 기정은 이제 가는구나 싶은데,

혜숙은 신발장에서 신발을 내려놓자마자 자연스럽게 도로 안으로 들

어가는.

그러고는 두 사람 테이블로 간다.

기정은 '어? 왜 와? 어어?' 당황스러운데,

혜숙   (상냥) 해물전 하나 시켰어. 내가 다 계산했어. (태훈에게) 천천히
       드세요.

태훈 (어정쩡하게 인사하고) 네에.

혜숙 (가만히 본다. 가까이에서 봐도 괜찮다 싶은)

태훈 ?

기정 (왜 안 가고 씨이!)

혜숙 (그제야 조용히 가고)

태훈 (기정에게) 누구세요?

기정은 대답을 못 하고, 눈만 치켜떠서 보면 혜숙이 나가고.

태훈 누구예요?

기정 … (면목 없음) 엄마요.

태훈 (헤엑!) 에? (얼른 일어나려고 돌아보는데)

기정 (앉으라고) 아녜요! (혼잣말처럼) 아는 척 안 하기로 해놓고…

태훈 !

67. 동네 시장 (낮)

평온한 얼굴로 시장을 거니는 혜숙.

기분이 좋아 물건을 보는데도 빙긋이 보게 되고.

혜숙 (한 가게에 멈춰 서서) 안녕하세요.

주인1 오랜만이네. 어디 갔다 와? (혜숙의 차림새가 좀 단정해서)

혜숙 네. (빙긋이 물건을 보며) 누구 좀 보고요.

주인1   밭 내놨대매?

혜숙   네. 디는 못 하겠어요.

주인1   못 하지 그럼. 나이가 몇인데. 공장 일에 살림에… 일 욕심 많은
        남자 만나면 여자가 고생이야.

혜숙   그르게요.

        혜숙은 빙긋이 웃으며 물건을 보는데,
        맞은편에서 한 여자가 가게 문간에 나와 서서

주인2   기정이 엄마. 개 찾았어요?

혜숙   에?

주인2   그 집 개 찾았냐고?

혜숙   우리가 개가 어딨다고…

주인2   어어? 얼마 전에 미정이 펑- 펑- 울면서 가길래 왜 그러냐니까
        개 잃어버렸다고 그러던데? 한 달 전쯤인가…

        혜숙은 짜르르하게 감이 온다.
        머뭇거리다가 일단 거래를 마무리하는 쪽으로.

혜숙   이걸로 주세요. (그리고 가만)

주인2   (혜숙 뒤에서 계속) 개가 아니면 뭐야? 염소야?

혜숙   …

68.   동네 시장 일각 (낮)

장 봉지를 들고 가는 혜숙의 뒷모습. 담담히 걸어가는 혜숙.
사람들이 별로 없는 한산한 거리가 되면, 혜숙의 훌쩍이는 소리.

69.   집. 거실과 주방 (낮)

가스레인지 위에는 압력밥솥이 얹혀 있고.
혜숙은 식탁에 앉아 가만히 창밖을 본다. 낙엽이 거의 다 떨어져 가는
늦가을.
그렇게 보다가 조용히 방으로 가는.
거실에선 방에 누운 혜숙의 머리 정도만 보이고.

70.   미정 회사. 사무실 (낮)

자기 의자에 앉은 채로, 밝은 얼굴로 지희의 모니터를 같이 보는 미정.

지희   퍼센티지 더 올라갔어.

[INS. 사내 디자인 공모전 홈피. 세 개의 카드 디자인이 떠 있고, 그
아래 득표율. 첫 번째 디자인에 47%. 지원자 이름은 없는, 블라인드
투표.]

지희   오… 염미정 선수, 군히기 들어가나요.

미정은 웃으며 일어나고.
최 팀장의 자리에 자료를 놓고 돌아서는데,
최 팀장의 모니터 하단에 카톡 문구 한 줄이 뜬다.
[염미정: 어디예요?]

미정   !

이내 사라지는 문구.
잠시 후, '염미정' 이름으로 떴다가 사라지길 반복하는 글귀.
[왜 빨리 안 와? / 나 아까부터 기다리고 있는데. / 빨리 와. / 보고 싶단 말야!!]
상대 여자 이름을 내 이름으로 저장해 놨다!
멍하니 보고 서 있는 미정.

71.   미정 회사 근처 (낮)

미정은 굳은 얼굴로 뚜벅뚜벅 가는데,

지희   (E) 염미정!!

미정이 돌아보고. 지희, 수진, 보람 셋이 오고 있다.

지희   공모전 1등!! 집에 가냐?

수진   1등 먹고 튀는 거야?

지희   오늘 완전 기분 개 째져보자. (다가와서) 1등 너는 완전 개개개
       째지고, 2등 나는 그냥 째지고. 뭐 할래? 오늘, 어떤 일이 벌어졌
       으면 좋겠다, 그런 거 없어?

미정   … (빙긋이) 없어.

하며 다시 가는데, 바로 표정이 없어지고, "왜 없어?" 하며 따르는 무리.
바람을 맞으며 가는 미정의 모습이 슬로우가 되고. 그렇게 가다가…

미정   (E) 와줘… 와줬으면 좋겠어…

72.   몽타주 (낮-밤)

#씬31. 역시 바람을 맞으며 걸어가는 구씨. 긴장과 설렘으로 뚜벅
      뚜벅. 그리고 지하 역사로 후루룩 내려가고.

#씬32. 달리는 전철 안. 구씨는 차창 밖을 보는데,

   [오늘 당신에게 좋은 일이 있을 겁니다.]

   역시 그 간판을 보고 있는 것 같은, 달리는 전철 안의 미정.

#당미역. 열차에서 내려 플랫폼 계단을 오르는 구씨.

   역시 그 계단을 올라가는 미정의 모습에서 슬로우.

미정   (E) 그가 온다…

#당미역. 개찰구 밖.

미정 앞으로 두어 명이 넌서 나가고.

미정   (E) 그가 왔다…

입구를 보며 가는 미정.

미정   (E) 그가… 날 기다리고 있다…

이러면 기분 째질 듯. 그런 상황을 상상하는 중.
'저 입구 밖으로 나가면 그가 있다!'

73.   **당미역 앞 (밤) - 2022년**

평소에 미정을 기다리던 자리에 서 있는 구씨.
두어 명이 나오기 시작한다. 긴장된다. 몇몇이 더 나오고.
그러나 없다. 나오는 사람이 끊겼다.
디졸브. 다음 열차가 지나가는 그림. 그리고 사람들이 또 나오기 시작
한다. 중무장한 젊은 남자. 창희인가? 아니다. 너무 추워 성질도 나고.
총총거리는.
컷 튀면,

74. 동네 일각 (밤)

예전에 미정과 걸어가던 그 길을, 뚜벅뚜벅 걸어가는 구씨.
미정이네로 가고 있다.

75. 집. 마당 (밤)

미정이네를 보고 서 있는 구씨.
공장 앞에 있는 용달도 눈에 들어오고.
멀리 있는 구씨네를 보는데… 불이 꺼져 있다. 아무도 안 사는 건가?
그렇게 보는데, 부스럭거리는 소리에, 미정이네를 보면, 마당에서 움
직이는 여자의 뒤태. 혜숙인가? 그런데 돌아서는 여자는 낯선 중년
여자.

구씨   ?
여자   누구세요?
구씨   여기… 염제호 씨 댁 아닌가요?
여자   맞는데. 어떻게 오셨어요?
구씨   … (이 여자는 누구지?)
여자   (안을 향해) 여보! 나와봐요. 손님 오셨는데.

낯선 여자가 염제호에게 여보? 이건 무슨 상황이지?
자신이 알던 세상이 후루룩 무너지는 공포. 이게 다 뭘까?

집 안에서 움직이는 그림자. 커튼이 쳐져 있어서 어른거리는 그림자.
그림자가 문 쪽으로 오는 게, 귀신 나오는 것처럼 서늘한 구씨. 누가
나올까.
문이 열리는데, 제호다! 구씨는 안심되면서 숨이 터지고. 여러 감정.
제호는 구씨를 보다가… 한참 만에…

제호   왔네…

76. 집. 거실과 주방 (밤)

제호와 구씨가 거실에 마주 앉아 있고.
여자는 주방에서 돌아서서 차를 준비하고.
가족사진이 있었던 벽면이 비어 있고, 자매 방도 창희 방도 비어
있다.
구씨는 이게 다 뭘까, 혼란스러운데,
여자가 따뜻한 차를 두 사람 앞에 내놓고는.

여자   이분이 구씨구나… 내가 다 눈물이 나네… (그러면서 일어나고)
구씨   …

여자가 밖으로 나간다.
말없이 마주 앉아 있는 두 사람.

제호	자네 떠나고… 얼마 안 있다가… 갔어. 그해 가을에.
구씨	… (조용히 무너지는) !
제호	잠깐 쉬러 방에 들어가서… 못 일어나고… 그길로 갔어.
구씨	…
제호	…밥 안쳐놓고.

77.   집. 거실과 주방 (낮) - 2019년

가스레인지 위에서 압력밥솥의 종이 요란하게 지지직 흔들린다.

창희	(E) 밥 탄다고요!!

잠시 후, 에잇. 창희가 나와서 가스 불을 끄고. 안방 앞으로 가,

창희	밥 다 탔어. (반응이 없어 보는) 으응?

뭔가 이상한 기운이 감지되는 얼굴. 방으로 들어간다.

창희	(E) 엄마. 엄마! 엄마!

컷 튀면, 거실에서 보이는 안방 풍경.
창희가 열심히 심폐 소생술을 하는 듯한 몸짓과 소리들.

78.   집 앞 (낮)

집에서 튀어나오는 창희. 신발이 꿰어지지 않아 한 짝은 흘리고.
뭘 어떻게 해야 될지. 그러다가 공장을 향해 소리친다.

창희   아부지!

잠시 후, 공장에서 나와서 보는 제호.
난생처음 보는 아들놈의 표정이나, 놈의 신발 한 짝이 나뒹구는 게…
감이 온다.
누가 죽었다!

79.   동네 일각 (낮)

삐요삐요- 119 앰뷸런스가 미정의 옆을 급히 지나고.
그런 앰뷸런스를 보며 가는 휑한 미정.
앰뷸런스가… 우리 집 앞에 섰다!
휑한 얼굴인 미정.

80.   집. 거실과 주방 (밤) - 2022년

조용히 마주 앉아 있는 제호와 구씨.

서로 말이 없고.

제호   어떻게 사나 싶다가도, 정신 차리고 보면, 견딜 만한 것도 있
        고…
구씨   …
제호   애들이 고생 많았지.
구씨   …
제호   셋이… 서울로 들어갔어…
구씨   …

자매 방도 창희 방도 비어 있다.
늙은 호박이며, 말린 나물들이 있는, 창고로 쓰이는 방들.

81.   구씨네 앞 (밤)

앉아서 술 마시던, 그곳에 앉아 있는 구씨.
거기에 앉아 예전에 보던 대로 풍경을 본다.
그때와는 완전히 다른 느낌.
시선을 내려 손에 들린 쪽지를 펼쳐본다.
제호가 써준 미정의 연락처. [염미정 010-****-****]
보다가 다시 접어서 주머니에 넣고,
그렇게 앉아서 풍경을 보는데, 떨리는 숨이 터지면서.

14

"이름이 뭐예요?"

1.   장례식장 (밤)

무음 상태에서 우는 미정의 얼굴만 슬로우로.

무슨 상황인지 실감이 나지 않고 받아들일 수 없는 듯.

두환과 정훈이 그런 미정을 지나쳐 앞으로 가고.

잠시 후, 정면을 보고 마음이 아파 무너지는 미정.

두환과 정훈이 영정을 놓고, 살짝 묵념.

혜숙의 젊을 때 사진. 급하게 만들어진 영정인 듯.

제호가 안쓰러워, 제호의 등에 얼굴을 붙이고 울던 기정은 영정을 보고 흐억.

정신 줄 놓은 사람처럼 멍하니 앉아 있던 제호도 영정을 보자 흔들리는 눈빛.

옆에선 고모가 제호를 쳐가며 울고.

창희는 바닥에 대자로 누워서 울고, 미정은 서서 눈물만 뚝뚝.

그러다가 고모는 대뜸 미친 사람처럼 팔을 휘저으며,

고모   돈 많은 재벌 집 회장님도 못 하는 게 자다 죽는 거다! 우리 언니, 그 어려운 걸 해내셨네! 이 집안이 복이 많아서, 엄마, 아부지, 며느리, 다- 자다 가네. 내 꿈도 돌연사다!

그러고는 바로 흐억 무너지며 제호를 안고 울고.

고모   오빠… 우리 오빠 어뜩해…

두환과 정훈은 문간에 서서 소리 없이 눈물 찍고.

#그 소리를 들으며 복도에 있는 태훈. 그리고 한쪽에 현아.
   현아는 서럽게 눈물이 주룩주룩.

2.   **화장터 건물 앞 (낮)**

건물 외경에 사람들의 울음소리가 멀게 들리고.
기정, 고모, 태훈, 두환, 정훈이 한쪽에 있고,
제호는 다른 한쪽에서 먼 산을 보고 있다.
아무 감정이 없는 메마른 얼굴.
미정은 그런 제호 근처에 서 있고. 제호를 지키는 느낌.
어딘가를 멍하니 보고 있는 제호의 표정에서.

3.   **화장터 내부 (낮)**

창희는 (타고 있는) 화장 기기를 보고 있다.
옆에는 현아가 있고. 창희는 그렇게 잠잠히 화장 기기를 보다가…

창희   내가 저기 있을 때… 여긴 누가 있을까…
현아   …내가 있겠지.
창희   …우리 결혼하자.

현아   …

4.   화장터 일각 (낮)

하얀 유골함이 놓인 테이블에 서 있는 창희.

수습한 유골이 담긴 종이를 들고 와 창희 앞에 펼쳐놓는 직원.

(펼쳐놓은 유골은 보이지 않고, 창희가 가리고 있는 뒷모습에서)

직원   인공관절인 것 같은데, 어떻게 할까요?

창희   …어떻게 하는 건데요?

직원   처리해 달라고 하시면 저희가 처리하고요.

창희   …따로 담아주세요.

인공관절을 따로 빼 옮기는 것 같은 직원의 동작.

가만히 보는 창희.

5.   동네 일각. 달리는 정훈의 차 안 (낮)

보자기로 꽁꽁 싸맨 유골함을 품에 안고 있는 창희.

정훈이 운전하고, 옆에는 창희. 뒤에는 제호, 기정, 미정. (기정은 보자

기로 싼 영정 사진을 품에 안고 있고). 모두가 말없이 무거운 분위기.

집이 보이기 시작하자… 누군가 홀쩍이는 소리.

정훈이 운전하며 훌쩍인다.

그러니 식구들은 모두 지쳐 감정도 없는 얼굴.

6.   집. 거실과 주방 (낮)

한쪽 앉은뱅이책상 위에 하얀 식탁보가 펄럭이며 급히 깔리고.

미정이 손바닥으로 쭉쭉 고르게 펼쳐 밀어놓으면, 창희가 유골함을

그 위에 놓고. 보자기를 풀어놓는다.

제호는 뒤로 물러나 맥없이 앉아 있고.

유골함을 보며 잠시 말이 없는 삼 남매.

그러다가 창희가 먼저 일어나 방으로. 기정도 일어나며

기정   들어가 좀 누우세요.

그래도 제호는 가만.

미정도 제호 옆에서 유골함을 보며 가만.

(*앉은뱅이책상에는 사진 없이 유골함만)

#옷을 갈아입은 미정은 주방을 정리하다가 가스레인지 위에서 압력
  밥솥을 내려 여는데, 시커멓게 탄 밥. 문제의 그날의 밥. 기정은 여
  기저기 돌아다니며 빨랫거리를 주워 드는데, 미정은 행여 누가 볼까
  싶어 등으로 가려가며 아무렇지 않게 양재기에 쏟아내고…

#기정은 빨랫거리를 세탁기에 쏟아 넣는데, 엄마의 옷이 눈에 띄자 잠깐 멈칫. 외면하듯이 그냥 세탁기에 넣어버리고.

7.   집. 마당 (낮)

미정은 소형 음식물 쓰레기통에 탄 밥을 털어 넣고 뚜껑을 닫고.

8.   집. 거실과 주방 (낮)

집에 들어오다가 보면, 현관에 있는 엄마의 신발.
엄마의 신발을 모두 신발장 안으로 넣고.
미정은 안방 문간에서 제호를 본다. 문 쪽에 머리를 둬서, 자는지 어쩌는지 얼굴이 안 보여, 살짝 고개 드밀고 보는데, 제호는 눈을 뜨고 멍하니. 미정은 TV를 켜고, 이리저리 채널을 돌린다. 스포츠 중계를 찾는 듯. 생각이 없는 듯 멍한 제호.
#마당. 기정은 탁탁 털어서 빨래를 너는데, 눈물이 줄줄줄. 혜숙의 옷도 널고.

컷 튀면, 밤이고…
넷이 거실 상에 앉아 밥을 먹는데, 한마디도 없다.
있던 반찬에 스팸 정도 부쳐 놓은 밥상.
혜숙의 밥상과는 확연히 차이가 나고.

기정   …내일 장 볼 거예요.

창희   …그냥 배달시켜.

기정   배달도 시켰어.

미정은 고사리를 한 입 먹고는, 고사리 접시를 들고 일어나 개수대에
넣고. 입에 든 것도 뱉고. 물을 틀어 내리고. 다시 와 앉아,

미정   셨어.

누구도 가타부타 말이 없고 그냥 먹기만. 괜히 서로 미안한 상황.

컷 튀면,

늦은 밤. 미정은 보초 서는 사람처럼 세 개의 방이 보이는 위치에서,
TV는 켜놓고 핸드폰을 본다. 인기척에 자매 방을 힐끗 보면, 핸드폰
을 덮고 돌아눕는 기정이 보이고. 미정은 다시 핸드폰을 보는데, 안방
에 TV가 꺼지고. 잠시 후 방 불도 꺼진다. 그런 안방을 보는 미정.

컷 튀면,

모두가 잠든 듯, 아무 소리도 없고 어두운 거실.

미정은 유골함 앞에 앉아, 소리 나지 않게 유골함의 뚜껑을 열어 안을
본다.

하얀 가루. 가만히 보는 미정. 너무 낯선 물체.

이게 엄마라고? 이게? 이게 어떻게 엄마일까?

9.   집. 자매 방 (아침)

동이 터오기 시작하는 푸르스름한 창밖. 자고 있는 기정과 미정.
모로 누워 있는 미정의 얼굴 위로, 서툴고 느린 도마질 소리. 탁. 탁. 탁.
조용히 눈을 뜨는 미정.

10.   집. 거실과 주방 (아침)

도마질하는 제호의 뒷모습.
감잣국을 끓이려고 감자를 써는데, 어설프고.
창희가 방에서 힘겹게 나오고. 잠이 덜 깨 툭툭거리는 발걸음.
거들려고 하는데 뭘 해야 될지. 냉장고 문을 열고 서서, 뭘 꺼내야 하
나… 그렇게 보고 있다가 반찬 통 몇 개를 꺼내고.
기정은 수건을 챙겨 화장실로 들어가며 퉁명스럽게

기정   아침 안 먹어요. 하지 마요.

컷 튀면,
식탁에 계란프라이가 수북한 접시가 있고, 기정과 미정의 밥도 있는
데, 기정과 미정은 방에서 나와 신발을 신고

창희   (잠도 덜 깨고, 슬퍼서 성질) 후라이라도 먹고 가아!
기정   다녀오겠습니다.

미정　　다녀오겠습니다.

그렇게 기정과 미정이 나가고, 제호는 덤덤히 먹고.
창희는 안 들어가는 계란프라이를 억지로 입으로 밀어 넣는다.
아버지 앞에 앉아 있어야 될 것 같아서 먹는 것뿐.

11.　동네 일각 (낮)

기정이 뚜벅뚜벅 앞서가고, 미정이 따라가는데, 미정은 연신 기정을
힐끗.
눈물을 줄줄 흘리며 가는 기정.
컷 튀면, 마을버스 정류장에 서 있는데,
미정은 멀리서 오는 마을버스를 보고 기정 쪽을 보는.

미정　　…버스 와. ('그만 울어.')
기정　　…

그런 두 사람의 앞으로 마을버스가 와 서고. 오르는 두 사람.

12.　미정 회사 앞 (낮)

점심시간을 맞아 직원들이 우르르 나오고.

이어 미정, 지희, 수진, 보람, 또래 여직원 두 명이 나오고

미정   내가 살게.
지희   왜 니가 사. 됐어.
미정   멀리까지 왔는데 사야지.

13.   식당 (낮)

미정과 또래들이 식사 중이고.

수진   염미정 진짜 멀리 살더라. 가도 가도 끝이 없어.
지희   스물아홉 개 역. 내가 세봤어.
수진   그렇게 먼 데서 매일… 내가 경기도민 존경하기로 했다.
지희   엄마 어디에 모셨어?
미정   …집에.

그 말에 모두들 의아한 얼굴.

지희   집에? 유골함을?
여자1   그래도 돼?
미정   뭐 어때.
여자1   불법 아냐?
미정   아냐아.

여자1	뿌리는 게 불법이라고 들어서. 유골함도 어떤 시스템으로 관리
	되고 그러는 서 아냐?
수진	(여자1에게) 죽었다는 게 뭐니. 시스템에서 사라졌다는 거야.
미정	… (그 말이 거슬리나 티 내지 않고)
지희	왜 납골당에 안 모시고?
미정	…어따 두고 와, 엄마를.

모두들 그 마음을 알겠고.

지희	집에 둬도 되는 거구나… 무섭지 않아?
미정	(피식 웃고 말고)

14. 미정 회사. 탕비실 (낮)

미정은 무표정한 얼굴로 차를 만드는데, 보람이 그런 미정을 보다가

보람	실감 안 나죠?
미정	(순간 피식) 무슨 상황인지 잘 모르겠어. (가만히…) 그날 119가
	왔었는데, 심정지 상태에선 119가 옮기지 않는대. 빨리 병원으
	로 가달라고 울며불며 사정하는데도, 안 된대. …경찰이 왔었어.
	안방에. 엄마가 누워 있는데.
보람	…
미정	혹시 싸웠었냐, 보험은 몇 개냐… 이상한 걸 묻더라.

보람　… (안됐다) 정말 희한한 경험 했네요.

미정　… (차를 마시는)

15.　공장 (낮)

제호는 엣지 작업을 하고 있고. 창희는 조립대에서 전동 드릴로 서랍을 조립하고, 만들어진 서랍을 한쪽에 쌓고… 그러다가 말없이 밖으로.

16.　동네 일각 (낮)

창희는 공장에서 나와 집 쪽으로.

집 앞에 놓인 택배 박스를 들고 집 안으로.

17.　집. 거실과 주방 (낮)

펼쳐진 박스엔 계란, 밑반찬과 간편식들.

창희는 여러 종류의 국 봉지를 들고 보다가, 갈비탕을 뜯어서 냄비에 붓고, 가스레인지에 올리고.

컷 튀면,

제호와 마주 앉아 밥을 먹는데, 창희는 눈물이 나는지 코를 훌쩍이고.

참아보려고 괜히 헛기침. 그렇게 버티다가… 결국 일어나고. 덤덤히 먹는 제호의 일굴 위로, 푸룩 코를 풀어대는 소리. 그리고 다시 와 앉아 먹는 창희.

18. 기정 회사. 사무실 (낮)

기정은 서서, 가득 쌓인, 회수된 설문지가 들어 있는 누런 봉투를 일일이 뜯어서 컴퓨터에 있는 표본 명단에 체크하는 작업 중. 핸드폰이 진동으로 울려서 보는데 [고모]. 딱 골나는 얼굴. 받기 싫은데. 어쩔 수 없이 받고.

기정   네.
고모   (F) 왜 이렇게 전화를 안 받아? 아까부터 했는데?
기정   바빴어요.
고모   (F) 멸치하고 새우 볶아놨으니까, 이따 퇴근하고 와서 가져가.
기정   아빠 마른반찬 안 드세요.
고모   (F) 야. 느이 아버지 이제 홀아비야. 주는 대로 먹으라고 그래. 와 갖구 가. (뚝 끊고)
기정   (낮게) 이. 씨. 아오. 개. (터지기 직전)

19.   당미역 앞 (밤)

#전철이 역사를 떠나는 그림.

#기정이 역사에서 나와 무뚝뚝한 얼굴로 어딘가로.

　뒤이어 미정이 보따리(고모가 준 반찬)를 들고 나와 기정을 따라가고,

　둘이서 집 쪽이 아닌 반대 방향으로.

20.   동네 일각. 정육점 (밤)

기정과 미정은 반찬 보따리 외에, 장 봉지를 바리바리 들고 안으로 들
어오고.

기정　(짐을 한쪽에 두고) 국거리 반 근하고, 돼지 등갈비 네 근이요.

주인　국거리 반 근, 등갈비 네 근이요.

기정은 주인이 진열대에서 고기 꺼내는 걸 보다가…

기정　그냥 다섯 근 주세요.

주인　네.

기정은 맥없이 주인의 손놀림을 보고 서 있고,

미정은 그런 기정 뒤에…

21. 동네 일각. 집 마당 (밤)

제호는 마당에서 수도꼭지가 얼지 않게 스티로폼을 두르고 철사로 묶는 작업.
창희는 옆에 서서 건성으로 거들고. 그러다가 한쪽을 본다.
그쪽을 보면, 무거운 짐을 바리바리 들고 오는 기정과 미정.

창희   (괜히) 택시 타고 들어오지…
미/기   다녀왔습니다.

제호는 일어나다가 자매의 짐에 시선이 가고.
애들이 고생하는 것 같아 신경 쓰이는 듯.

22. 집. 거실과 주방 (밤)

미정은 커다란 들통에 소고기와 미역을 볶다가… 물을 붓고.
기정은 (장독형) 김치냉장고 맨 아래서 김치 통을 꺼내려고 통을 다 꺼내놨고. 허리 숙여 맨 아래에 있는 통을 들려고 하는데, 너무 무거워 꺼내기 힘들고. 힘에 부쳐 성질나는 걸 꾹 참고, 의자를 갖고 와 그 위에 올라가서 김치 통을 힘겹게 꺼내, 모서리에 괴어놓고, 의자에서 내려와 식탁에 갖다놓고. 미정은 그 김치 통에서 포기김치를 꺼내, 돼지 등갈비 위에 얹고, 가스레인지 위로. 2-3일 먹을 음식을 하는 듯, 다 양이 많다. 기정은 김치 국물이 넘쳐서 더러워진 김치냉장고 바닥을 닦고 내던지고. 꺼내놨던 통들을 다시 원래대로 넣으며…

기정   엄마, 과로사한 거야.

미정   (눈을 흘기고, 하던 일 마저)

컷 튀면,

네 식구가 말없이 밥을 먹는데. 상 위에 멸치 볶음도 있고.

그렇게 말없이 먹다가…

기정   내가 왕십리까지 가서 멸치 받아 오게 생겼어? 지 오빠가 뭘 먹
　　　　 는지 안 먹는지도 모르면서 생각하는 척은. (부르르) 오다가 쓰
　　　　 레기통에 처박으려다가…

창희   그만해라…

기정   애정이 없으면 없는 대로 그냥 살라고! 왜 있는 척하는데?

창희   (말을 말자…)

기정   (한 템포 쉬고. 먹으면서 혼잣말처럼) 또 돈 얘기 하려고 기름칠하
　　　　 나 본데, 그러기만 해봐. 내가 다 쥐어뜯어 놓을 거니까. 내가 이
　　　　 제… 못 할 짓이 없어. (분해 눈물이 뚝뚝)

창희   에이 진짜…

기정   (확) 누구 땜에 엄마가 그 고생을 했는데? (눈물 뚝뚝)

제호   (수저질이 머뭇머뭇)

창희   아버지 밥 좀 먹자!!

기정   (눈물 콧물 후룩 닦고. 먹으며) 이따 인감 내놔요. 우리 셋이 가서
　　　　 땅에 파묻고 오게.

제호	...
기정	(욱해서) 아빠 고모한테 또 털리면 우리 다 끝장이에요. 가족이 고 뭐고 없어요. 안 봐!

그때 유골함 쪽에서 툭 하는 소리. 순간 섬찟해서 그쪽을 보는 식구들.
무슨 소리지? 뭐지? 기정도 그렁그렁한 와중에 그쪽을 보고.
뭔가 서늘해지고, 멈춰야 될 것 같은 느낌.
미정이 일어나 유골함 앞에 가서 보고. 아무 문제 없는 듯.
양손으로 유골함을 만져서 똑바로 놓고, 도로 밥상으로.

23.   희선 가게 앞 (밤)

태훈의 차가 와서 서고. 주차하면 뒷좌석에서 유림이 내리고.
태훈이 유림에게 가게 문을 열어주는데, 안에서 서너 명의 남자들이
취해서 와자하게 나오고. 태훈은 "안녕히 가세요" 인사. 유림과 같이
안으로.

24.   희선 가게 (밤)

태훈은 냉장고에서 맥주를 꺼내서 선 채로 마시고,
희선은 손을 씻고 나온 유림 앞에 찐빵 접시를 놓고.

희선   기정인 어떻게 지낸대? 맨날 오다가 안 오니까… 그러네.

유림   … (찐빵을 만지는)

태훈   …퇴근해 집에 가기 바쁘지 뭐.

희선   (안쓰러운) 얼른 들어가야지. 아버지 혼자 적적하실 텐데.

경선   혼자 아냐. 남동생 직장 때려치고 집에 있다는데 뭐.

희선   (손님 나간 상을 치우며) 좀만 더 사시지, 어떻게 얼굴 한 번 못 뵙
      고 그렇게 가시니.

태훈   …뵀어.

희/경   (보는)

태훈   (생각에 잠겨) 돌아가신 그날. 낮에. 밥 사주셨어. (여전히 충격인
      듯) 낮에 본 분이… 저녁에 돌아가셨다는데… (실감이 안 난다)

희선   …사위 얼굴은 보고 가고 싶으셨나 부네.

태훈   …!

유림은 조용히 올라가고.

그런 유림을 시선으로 쫓는 경선. 유림이 완전히 올라가자

경선   애 듣는데.

희선은 대수롭지 않게 그냥 움직이고

085

25.   두환 카페 (밤)

창희, 두환, 정훈 있는데, 어느 정도 술을 마신 상황.
슬픈데 낄낄대는 분위기. 창희는 눈이 벌게져 있고.

두환   봉투 받는데, (봉투 보는 동작) 이렇게 보니까 박진운 거야(뜨아).
       순간 (고개 들어 쳐다보는) 어? 하고 보니까, 나중에 갈 때 그래.
       '(작게) 염기정 팀장님이, 제 욕 많이 했죠?'

창희   (낄낄낄…)

두환   맨날 이름만 듣던 인간들이 다 모이니까 알던 사이처럼 반가워
       가지고 막 실수하는데… 장례식장이 이런 맛이 있구나… 말로
       만 듣던 인간들이 한자리에 다 모여.

정훈   (당당) 내가 그랬지? 이빨 하나하나에도 못됐음 못됐음이라고
       써 있다는 여자 이쁘다고!!

창희   (낄낄낄…)

정훈   나 기정이 누나 회사 사람들 무리에서 딱 찝었어. 저 여자다! 누
       나한테 이빨 하나하나에도 못됐음 못됐음 저 여자죠 맞죠? 그
       러니까 '(눈이 새초롬하게 깔리며) 음.' 걸린 거지. 여태 날조했다
       는 거.

잔을 비우고, 웃음이 좀 잦아들고.

두환   난 우리 엄마 돌아가셨을 때보다도, 아주머니 돌아가신 게 더
       황당한 것 같애… 전혀 생각을 못 했어서 그런가…

창희　…

두환　났으니 가는 거 당연한 건데… 다들 적당한 때에 가면… 얼마나 좋을까…

창희　(뚱) 적당한 때가 언젠데?

두환　80?

창희　80 돼봐라. 옛날에 우리 할아부지, 맨날 꼬부랑 노인네 보면서 저렇게까지 오래 사는 건 아닌 것 같다고, 자긴 80까지만 살 거라고. 80 되던 해에 내가 '어? 할아부지? 올해 돌아가셔야 되는데?' 그랬더니… '(아쉬운) 그건 아니다…'

두/정　(낄낄낄)

창희　그렇게 5년씩 연장해서 90까지 가시더니, 그때도 아직 아닌 것 같으시다고…

두환　시스템적으로 모든 인간이 다 같이 100세 찍고 다 같이 아웃하는 거면…

창희　그럼 난 99세에 동맹군 만들어. '시스템을 파괴하라!'

정훈　난 시스템 피해 도망쳐. 산으로.

다 같이 웃고… 마시고…

창희　…없다. (가는 데) 적당한 때가.

두환　그래도 어머니 날 진짜 잘 고르셨다. 금토일. 덕분에 우리도 3일 연짱. 기정이 누나 남친도 3일 연짱. 그 남자 보고 순간 '(반가워 해맑은) 어! 안녕하세요' 했는데, 아… 맞다… 이 사람은 나 모르지? (머리 쓸어 올리며) 계속 실수 연발…

정훈   아무리 봐도… 누나가 노난 패 같다. 이게… 어머니 돌아가시고 정신없이 남자 찾으면 진짜 염치없는 거다? 근데 곧 뭐가 닥칠 걸 알고 있는 것처럼, 미친 사람처럼, 말이 되냐? 고백했다가 까이면 기억상실증인 척한다는 게? 그렇게 막 급하게 잡더니… 딱…. 어머니 돌아가시고… 이제 누나는, 이 집에서 언제 나가도, 그렇게 염치없는 인간은 아니다. 아무래도 누나, 금방 나간다. 그 남자, 3일 연짱 온 거 보면… 그래.

창희   (그런 것 같고…)

두환   (순간 낄낄낄) 우리의 염창희 군께선 딱 때맞춰, 회사 때려치시고.

창희   (낄낄 웃는데 눈물이 나는) 진짜 놀랍지 않냐? 나의 이 동물적 감각? 이러려고 그렇게 때려치고 싶었던 거야. 또 생각해 보면 그렇게 막 미친 듯이 때려치고 싶었던 것도 아냐. 그냥 그만둘 때가 된 것 같아서 그만둔 건데. 영혼이 안다는 게 이런 거다… 나 백수 아니었으면 누가 아버지 케어하냐? 셋 다 출근하고 나면, 구씨 형도 없고, 아버지 혼자… 눈물 날 것 같다(웃는데 눈물이 나는)… (다시 활기) 옛날에도 이랬어. 고2 때, 담임이 앞으로 야자 땡땡이치는 놈들 가만 안 둔다고 그랬는데, 내가 땡땡이치던 놈도 아니었는데, 이상하게 그날은 집에 가고 싶더라. 집에 가서 할 게 있었던 것도 아냐. 그냥 가고 싶었어. 그래서 갔어. 할머니 혼자 계셨는데, '다녀왔습니다' 그러는데 눈은 뜨고 계시는데, 대답도 없으시고, 느낌이… 이상해. …왠지 손을 잡아드려야 될 것 같아서 잡았는데, 좀 있으니까… 느낌이 쎄한 게… 가셨다 싶은 거야… 갑자기 무서워서 손을 쑥 뺐는데… (에이) 이건 아

니다 싶어서 다시 잡아드렸는데… 그러고 한 5분 지났나. 아버
지 들어오시는데, (눈을 부라리는) 할머니 혼자 두고 어디 갔었냐
고, 내가 진짜 태어나서 우리 아버질 그렇게 쥐 잡듯 잡아본 게
처음이다. 우리 아부지 끽소리 못 하고 다 듣고 있는데… 그때
의 희열!

다 같이 낄낄낄. 술을 마시고.

창희   그때 나 땡땡이 안 쳤으면 우리 할머니 혼자 돌아가셨다. (문득
           결론) 이렇게 영혼이 먼저 알아. 그래서 그냥 몸이 가.

창희는 술기운에 한참 떠들다가 기운이 빠지는 듯 긴 숨을 쉬고.
슬프고 쓸쓸한 얼굴…

창희   내가 염기정 언제 오나 기다리게 될 줄은 몰랐다… 아버지랑 하
           루 종일 둘이 있다가, 누나랑 미정이 들어오면… 그래도 좀 덜
           쓸쓸해… (웃는데 눈은 벌건)
두환   (기타를 드륵 튕기며) 쓸쓸할 때… 지척에서 오두환이도 쓸쓸하
           게 있다는 걸 기억해 주길 바라면서… 노래… 띄웁니다.

26. 동네 풍경 (밤)

적막한 동네 풍경에 두환의 노랫소리가 들리고.

27.   산 중턱 (밤)

창희가 큰 나무 아래에 쪼그려 앉아 모종삽으로 땅을 파고, 가슴팍에
서 한지로 싼 걸 꺼내고 펼쳐 보는데, 인공관절에서 쇠 부분이 녹은
덩어리.
고개를 빼꼼히 내밀고 보는 두환과 정훈.
창희는 그걸 다시 한지로 잘 싸서 구덩이에 묻고, 흙을 덮고…
일을 끝내고 바닥에 앉아 있는 창희…
무덤이라면 고인의 시선에서 보이는 풍경을 보는 느낌…

정훈   춥다. 가자.

두환과 정훈은 내려가기 시작.
창희는 그 자리에 가만.

28.   구씨네 앞 (밤)

산에서 내려오는 듯 웅숭크리며 오는 창희, 두환, 정훈.
그러다가 구씨네 앞을 지나게 되고…

두환   구씨가 안 온 게 마음에 걸려.
창희   …
두환   어떻게 연락할 방법이 아예 없는 거야?

정훈	이름도 모른대잖냐.
두환	…어떻게 사귄 남자 이름도 모르냐…

집과 카페의 갈림길에 다다르고

창희	가. (정훈에게) 잘 가.
두환	들어가.
정훈	자라.

29.   집. 거실과 주방 (밤)

자매 방과 안방에 불이 켜져 있고. 미정은 또 보초 서듯이 TV 켜놓고 핸드폰 하는데, 창희가 들어와 방으로. 미정은 그런 창희를 눈으로 좇다가 다시 핸드폰. 그러다가 창밖을 본다. 어? 눈발이 날리는 것 같은데? 잘 안 보이는지, 유리창에 달라붙어 보는. 아주 뜨문뜨문 날리는 눈발. 잠깐 날리다가 말 것 같은. 그런 창밖을 보다가 혼잣말처럼…

미정	엄마. 눈 와.

창가에 붙어서 눈을 보는 미정. 한쪽에 있는 유골함.

091

30.   미정 회사 외경 (낮)

31.   미정 회사. 사무실 (다음 날, 낮)

마우스 딸깍이는 소리, 키보드 치는 소리만 가득한 조용한 사무실.
미정은 자리에 앉아 일하는데, 멀리 있는 다른 팀의 전화가 울리고.

여직원   (받는) 네. 조이카드 디자인실입니다.

염미정을 바꿔달라고 했는지, 미정을 보는 시선. 쟤 걸렸다 싶은 시선.

여직원   잠시만요. (내선으로 돌려주고)

미정은 울리는 전화를 받고

미정   네. 조이카드 디자인실입니다.

그런데 아무 소리도 들리지 않는다.

미정   ?

멀리서 미정을 보는 여직원의 시선.

미정   여보세요?

여자   (F) 염미정 씨?

미정   네. 그런데요.

그리고 또 아무 말이 없고.

여자   (F) 저 최준호 팀장 와이프예요.

미정   !

둘의 침묵. 그렇게 있다가

미정   저 아니에요.

여자   …

미정   이름만 제 이름으로 저장해 둔 거예요.

여자   …

미정   …

여자   (F) 그게 무슨 말이죠?

미정   …잠시만요.

그러더니 자기 핸드폰을 만지더니 자리에서 일어난다.

핸드폰은 책상 위에 그대로 둔 채.

최 팀장은 책상 위에서 진동으로 울리는 핸드폰을 눈으로만 보는데,

액정에 [염미정(계약직)]이라고 뜨고.

그런데 그 핸드폰을 내려다보고 있는 미정.

최 팀장은 이건 무슨 상황인가 싶은데, 미정은 자리로 가고.
통화 상태인 핸드폰을 끊고.

미정　(내선 전화를 들어서) 저는, 염미정 괄호 열고 계약직… 이라고
　　　뜨네요.
최 팀장　!

　　　지희, 수진, 보람을 포함한, 주변 직원들의 긴장 어린 시선.

최 팀장　야. 너 뭐 하는 거야?
미정　(수화기를 들고) 받아보실래요? 누군지?

　　　긴장해 가만히 보는 최 팀장.
　　　모든 직원들도 긴장해서 보고.

32.　미정 회사 일각 (낮)

　　　최 팀장은 주변을 힐끗거리며 급히 [염미정]을 클릭해서 모든 대화를
　　　삭제한다. 시팔시팔 욕이 나오고. 그때 염미정에게 톡이 온다. [염미정:
　　　어떻게 된 거야???]
　　　급히 답을 하는. [톡하지 마. / 방 다 폭파해. / 흔적 싹 다 지워.]
　　　최 팀장은 모든 걸 지우고, 연락처 수정으로 들어가, 염미정 이름을
　　　지우고.

뭐라고 저장할까? 잠깐 고민하다가 뭔가 쓰는.

33.   미정 회사 일각 (낮)

#퇴근 시각. 지희, 수진, 보람, 또래 여직원들 모두 사무실에서 나와
엘리베이터로 가는데, 굳은 얼굴로 아무 말이 없고.
#엘리베이터 타자마자 정신없이 소곤대는.

보람   (분한) 미친 거 아녜요? 바람피는 여자 이름을 미정이 언니 이름
         으로 저장해 둔 거야?

수진   (분한) 도대체 누구래니? 상대 여잔?

여자1   (답답) 모르지!

수진   우리 회사 여잔 건 맞아?

여자1   (답답) 맞지 그럼!!

지희   (멍) 어쩐지… 사람들이 왜 자꾸 장례식장에서 미정이 보고 수
         군대나 했다.

수진   (헉) 그랬어?

지희   정규직 될라고 용쓴다고…

모두   (헉)

보람   이거 고소감 아녜요?

34. 도심 일각 (밤)

지나가는 사람들을 보며 서 있다가 핸드폰을 보는 미정.

[바빠? / 나 잠깐 들러도 돼?]

현아에게 보낸 두 개의 톡이 아직 읽지 않음이고.

핸드폰을 접어 주머니에 넣고. 등 뒤에 있는 쇼윈도 안을 보기도 하고.

그렇게 있다가 또 핸드폰을 열어본다. 가만히 보는 얼굴.

구씨의 연락처(주고받던 문자)를 보고 있다.

통화를 클릭하면, "지금 거신 번호는 없는 번호이니…"라는 음성이

새어 나오고.

예상했던 바인 듯 도로 핸드폰을 넣고.

다시 쇼윈도 안을 보는데, 본다기보다 맥없이 자기 생각에 빠진 얼굴.

그렇게 있다가 진동으로 핸드폰이 울리자 확인하고는 뚜벅뚜벅 가는.

35. 변상미 편의점 (밤)

미정과 현아는 창가 테이블에 앉아 있고.

미정   (빨대로 음료를 빨다가 대수롭지 않다는 듯) 팀장 새끼가 여직원이
      랑 바람을 피우는데, 그 여자 번호를 내 이름으로 저장해 놨어.

현아   헐…

미정   나 싫어하는 거 다들 아니까, 내 이름으로 저장해 두면 안전하
      다 싶었던 거지. 알고 있었어. 바람피는 거. …누구랑 피는지도.

현아   누군데?

미정   …옛날에 둘 다 회의에 늦어서, 내가 두 사람한테 전화한 적 있
         었는데, 아무 소리 없는 게, 소름 끼치게 똑같았어. 일상 소음이
         하나도 없었어. 진공상태에 있는 것처럼. 둘이 똑같이.

현아   모텔이네.

미정   그 뒤로 착착 꿰지더라. 옛날에 걔 소지품에서 샴푸를 보고, 무
         슨 샴푸까지 들고 다니나 했는데… 샴푸 냄새 똑같은 걸로 걸리
         지 않으려고 한 거지.

현아   …

미정   … (잠잠히 생각에 빠지는) 그 새끼가 나한테 지랄을 하기 시작하
         면, 어느 순간… 걔가 갑자기 탁… 탁… 끝 맞춰서 서류를 정리
         해. 동작도 우아하게. 그럼 그 새끼가… 지랄을 하다가… 멈춰.
         걔가 신호를 준 거지. 그만하라고. 그 뒤로 그놈이 지랄할 때마
         다… 걔 손을 보게 돼… 쟤가 언제쯤 신호를 줄까… 걔 손끝이
         팔랑팔랑 나비처럼 움직이는 게… 처음엔 고마웠어… 근데 이
         젠… 걔가 서류를 정리하기 시작하면… 손가락을 다 분질러버
         리고 싶어…

         그때 눈앞에 있는 미정의 핸드폰이 진동으로 울리고.
         가만히 보는. 액정에 보낸 이는 최 팀장.
         톡이 연속해서 들어오는 듯 득득.

미정   그 새끼.

현아   반응하지 마. 똥줄 탄 거야. 그냥 둬. 읽지도 마.

미정의 표정 위로 또 득득 진동음.

36.   기정 회사 앞 (밤)

회사에서 나와 통화하며 가는 기정. 지쳤으나 상냥한 어투.

기정   괜찮아요. 전철 타면 금방인데요 뭐.

        #운전 중인 태훈.

태훈   오늘은 꼭 태워다 줘야 돼요. 누나가 반찬 해논 것도 있고. 30분
        정도 있으면 도착하니까 누나네 가 있어요.
기정   알았어요. (진심) 고마워요.

        전화를 끊고 덤덤히 가는 기정.

37.   희선 가게 (밤)

손님은 없고, 유림이 한쪽 테이블에서 숙제를 하고 있는데, 딸랑 소리.

기정   안녕하세요.

유림은 힐끗 기정을 보고.
희선이 주방에서 내다보고.

희선   (반색) 왔네?
기정   (유림을 보고) 안녕. 오랜만이네…

유림은 외면하듯 시선을 내리고.
희선은 젖은 손을 닦으며 보따리를 들고 나오고.

희선   잠깐 있어. 갈비 잰 게 위에 있어서. 앉아 있어.
기정   무슨 갈비까지…
희선   (낮게) 태훈이가 돈 줬어. 잘해달라고.
기정   …!

희선은 올라가려다가 기정을 한 번 안아주고, 등을 두드려주고.
기정은 웃으면서 살짝 울컥. 그런 기운을 느끼는 유림.

희선   (올라가려다가) 시원하게 맥주 한잔 줄까?
기정   제가 꺼내 마실게요. (냉장고에서 맥주를 꺼내고)
희선   있어. (서둘러 올라가고)

기정은 한쪽에 앉아 맥주를 따르고.
유림과 기정 둘만 있는 상황.
지쳤지만 애써 상냥하게 말하는 기정.

기정 아줌마한테 일이 좀 있었어. (무슨 일인지) 들었지?

유림 …

기정 (마시고) 오랜만이다. 맥주.

유림 …

기정 안다? 마시면 더 힘들다는 거. 마실 땐 쭉쭉 마셔야지, 이렇게 마시다 말면 집에 가는 내내 힘들어. 아줌마 집 엄청 멀거든. 힘들 꺼 뻔히 아는데……. 힘을 내고 싶지도 않다… 그냥 넉다운 되고 싶어… (얼른 웃음기를 챙기고) 아줌마가 주기적으로 이 래… 내일이면 또 괜찮아질 거야…

기정은 맥주를 마시고, 유림에 대한 신경도 끊어지고,
자기 생각에 빠져 쓸쓸하게 창밖을 보는데…

유림 어른들도 슬퍼요?

기정 ! (보는)

유림 엄마가 없어지면…

기정 !

아, 얘 되게 아팠겠구나.
기정은 눈물이 날 것 같아 얼른 외면하고. 눈물을 꾹 참고.
유림도 굳은 얼굴로 가만. 그런데 유림의 눈에 눈물이 고이기 시작.
눈물이 차자, 순간 고개 숙여 눈을 질끈 감아 눈물을 떨어뜨리는. 눈물 닦는 손동작을 보이기 싫은. 떨어진 눈물방울을 팔뚝으로 슥 닦고.
그렇게 가만히 앉아 있는 유림.

기정   (순간 욱해서) 내가 너 엄마 해주면 안 돼?

유림   !

기정   해주께!

유림은 하던 걸 정리해 일어나 올라가는.

기정   내가 엄마 해주께! … (유림은 이미 올라갔는데) 아니다 싶으면
       짤라!

그래도 유림이 올라간 곳을 보고 있는데, 딸랑 문소리.
보면 태훈. 기정은 태훈을 보자마자

기정   (OL) 우리 결혼해요!

태훈   !

계단을 내려오던 희선의 발끝이 멈칫. 잠시 후, 다시 조용히 거둬지
는 발.

기정   우리 결혼해요!

태훈   …그럽시다? (무슨 상황인지 의아하지만 일단 받는)

그런 두 사람과 조용조용 계단을 다시 올라가는 희선. 끼익 소리가 나
면 멈추고…

38.　희선 가게 앞 (밤)

역시 들어가려다가 문고리를 잡은 채로 정지해 있는 경선.

돌아서며 떨떠름한 얼굴. 일단 지금 들어가는 건 아닌 것 같고.

뜨벌… 어디 가서 배회해야 하나. 천천히 딴 데로 가는 경선.

39.　미정 회사 외경 (낮)

40.　미정 회사. 복도 (낮)

활기차게 조잘대며 퇴근하는 여직원들.

그러다가 한쪽을 보고는 멈칫. 순간 웃음기가 가시고.

맞은편에서 편집 자료를 들고 오는 미정.

미정은 그런 시선을 의식하지만 모른 척.

힐끗 돌아보며 가는 여직원들.

41.　미정 회사. 사무실 (낮)

미정이 들어오는데, 지희, 보람, 여직원들은 퇴근 준비 중.

최 팀장은 자리에 앉아 눈으로 미정을 좇고.

미정   (동료들에게 상냥하게) 먼저 들어가.
모두   갈게. 내일 봐.

미정은 최 팀장 앞에 편집 자료를 놓고.
고개 숙여 인사하고 자리로 가 가방 챙기는데,
그런 동작 내내 미정을 주시하는 최 팀장.

42.   미정 회사. 복도 (낮)

미정은 엘리베이터 쪽으로 가는데, 수진이 달려오며

수진   염미정!

수진이 따라붙고.

수진   (낮게) 그냥 똥 밟았다고 생각해. 아무도 너 오해 안 해. 미쳤니?
       둘이 바람핀다고 생각하게.

엘리베이터 앞에 멈춰 서고.

수진   (낮게) 근데… 누군지 알아? 최 팀장이랑 바람피는 여자.
미정   (핸드폰 보는 척 회피하다가, 한참 만에) …음. (핸드폰을 넣고)
수진   …!

미정	…
수진	누군데?
미정	… (가만히 있다가 수진을 본다)
수진	…!

한동안 서로를 보는 두 사람.
그러다가 먼저 차갑게 시선을 돌리는 수진.
그때 땡! 엘리베이터 도착음이 들리고.

43.   미정 회사 앞 (낮)

찬바람을 일으키며 뚜벅뚜벅 가는 수진.
뒤이어 가는 미정.
수진은 그렇게 걸어가다가 회사에서 좀 멀어지자, 대뜸 미정을 돌아
보고. 오는 미정을 기다렸다가

수진	니가 나한테 이러면 안 되지. 구박댕이 케어해 줬더니, 은혜를 원수로 갚네.
미정	!

수진은 다시 뚜벅뚜벅 가는데,
미정도 잠시 후 아무렇지 않게 따라가고. 무심히 가방을 어깨에서 내
린다. 그리고 가방으로 가열차게 수진의 뒤통수를 날려버리고.

미정   (눈물이 터지며, 무섭게) 그래도! 남의 장례식장에 와서 그러는
       건 아니지! 상 밑에서 발가락으로 꼬물꼬물… 낄낄낄… 그러는
       건 아니지!!

그런 미정의 얼굴에 퍽 가방이 날아오고.

44.   구씨네 앞 (밤)

구씨네 담벼락 아래에 쪼그려 앉아 있는 미정.
몸싸움이 있었던 듯, 얼굴이 좀 부었고. 머리도 흐트러졌고. 좀 불량
해진 표정.

미정   나 이제… 친구 하나도 없을래. 없어도 돼.

관계에 대한 집착을 놔서 그런지, 건방져진 느낌.
담배 한 갑을 들고 이리저리 돌려본다. 그러다가 담배를 뜯고.
하나를 입에 물고. 불을 붙이려는데, 그때 머리를 콩 때리는 무언가.
눈앞에 떨어진 걸 보면, 맨질맨질한 도토리.
그걸 가만히 보는.

미정   (E) 이게 왜 당신 같을까요? 엉뚱한 데서, 엉뚱한 것들이, '나 여
       깄어'라고 말하는 것 같은…

슬퍼져서 도토리를 보고 있는데,

조금 떨어진 곳에 밤송이가 떨어진다. 나도 여깄어…

[INS. 13화 엔딩. 이곳에 앉아 있는 2022년 구씨의 모습]

시차를 두고 같은 공간에 있는 두 사람의 모습이 왔다 갔다…

45. 미정 회사. 인사과 (다른 날, 낮)

인사과에서 조사를 받는 느낌으로 한 사람씩 컷.

미정   최 팀장님 데스크탑에서, 제 이름으로 저장된 누군가랑 톡하는

        걸 봤습니다. 사귀는 사이인 게 분명한… 톡이었습니다.

수진   전 절대 최 팀장님하고 그런 적 없습니다.

미정   근데 왜 최 팀장님 와이프가 저한테 전화를 했을까요?

최 팀장 (답답) 집사람도 회사에 전화한 적이 없대요. 전화해서 염미정

        을 찾은 적이 없대요. / 모르죠. 누가 무슨 짓을 벌인 건지!

미정   (허해지는 표정)

직원   (난감한) 정규직 전환 심사 앞두고 이런 일이 생겨서 정말 난감

        하네요… 폭행 사건도 있었고… 한 회사 같은 부서에서 근무한

        다는 건 무리라…

미정   … (그렇게 절망적이지도 않고 담담한)

46.   만두 가게 (낮)

(10화에 구씨와 같이 갔었던 만두 가게.)

무념무상의 얼굴로 우걱우걱 만두만 먹는 미정.

그렇게 어느 정도 먹고. 우물거리며 밖을 둘러본다.

혹시… 오려나…

그렇게 쓸쓸하게 둘러보다가 다시 먹는 모습…

47.   동네. 시장 일각 (낮)

창희는 장 봉지를 들고 가며 인사. "안녕하세요."

물건을 진열하던 주인은 반색하면서 안타까운 얼굴. 13화에 나온 그 주인2.

주인   아이고. 야. 아이고… 난 아직도 안 믿긴다. 그날 낮에 여기 오셨었는데, 어떻게 그렇게 가시냐… 미정이 개 잃어버렸다고 펑펑 울면서 가는 거 봤는데, 개 찾았냐고, 개 없다길래 그럼 염손가… 그런 얘기 하고 그랬었는데…

창희   …. (뭔가 짜르르하고)

주인   어떻게 그날 그렇게… 아이고…

창희   언제요?

주인   그나알! 돌아가신 그날!

창희   아니… ('미정이가 울고 다닌 날'이라고 물으려다가 말고)

107

주인 아버진… 어떻게… 괜찮으셔?

창희 네에…

주인 옆에서 잘 챙겨야 된다…

48. 달리는 용달 (낮)

#운전해 오는 창희는 마음이 좋지 않고.

#잠간 신호에 걸려 있는 와중에 생각나는 현아의 말.

현아 (E) 언니랑 미정인 어떻게 지내?

창희 (E) 누난 맨날 질질 짜고… 미정인… 똑같지 뭐…

현아 (E) 미정인… 우는 데도 용기가 필요한 아이니까…

그 생각에 마음이 쓰리다. 눈가가 촉촉해지고.

신호가 바뀌자 다시 운전해 가는.

49. 동네 일각 (낮)

멀멀한 얼굴로 터벅터벅 걸어오는 미정.

그때 두환이네서 우르르 뛰어나오는 축구부 남자애들 열댓 명.

모두 운동 복장이고.

모두	잘 먹었습니다!!
두환	집에 가자마자 도착 인증샷 올리고!
모두	네에!!

뛰어서 사방으로 흩어지는 아이들.
그런 아이들을 보는 미정은 덩달아 생기가 도는 기분

두환	(미정을 보고) 일찍 왔네? 반차 냈어?
미정	…어.

아이들의 활기참과 소란스러움에 미정은 괜히 미소가 번지고.
두서너 명이 공을 차며 뛰어가다가 미정 앞으로 공이 흘러들어 오고.
미정이 뻥 차주는데, 너무 세게 차서 멀리 가는, 혹은 밭으로 날아가는.
어우- 온몸으로 절망하는 아이들. 주우러 뛰어가고.
창희의 용달이 들어오고. 공장 앞에 주차.

미정	아빠는?
창희	밭에.

집으로 들어가는 창희와 미정.
아이들의 소리가 멀게 들리고, 그런 한가로운 동네 풍경에서, 밤으로 바뀌고.

50.   집. 거실과 주방 (밤)

#창희는 주방에서 핸드폰으로 조리법을 보며 돼지 두루치기 양념을
하고, 제호는 상추를 씻고. 미정은 화장실에서 세숫대야에 불렸던
양말 너미를 세탁기에 넣고 돌리는.
#기정은 방을 치우다가 울리는 미정의 핸드폰을 보고.
울렸으니까 힐끗 시선이 간 것뿐인데… 뭔가 이상하다.
액정 화면이 꺼지자 다시 눌러서 보는.

기정   !

#주방과 거실.
제호는 상에 앉았고, 미정도 화장실에서 나와 상에 앉는데,
기정은 미정의 핸드폰을 들고 나와

기정   너 이거 뭐야?
미정   뭐가?
기정   왜 대출을 받아?

그 말에 제호와 창희도 미정을 보는.
미정은 핸드폰을 뺏어서 확인하는데
[INS. 대출 실행 안내 문자.]
미정은 핸드폰을 한쪽에 두고.

미정   (은근 당당하게) …누구 좀 팼어. 합의금. (하던 일 계속)

기정은 가만. 제호와 창희도 가만.

기정   누구?
미정   있어. 어떤 미친년.

모두가 가만히 보는. 미정은 그렇게 넘어가나 보다 하는데,

기정   근데 왜 대출이야? 200이 없어서 대출 받아?
미정   (아! 이건 생각 못 했다. 눈동자가 방황하기 시작)
기정   (이거 오늘 잡아야 된다) 너 통장 갖구 와봐.
미정   (움직이지 않고 가만)
기정   통장 갖구 와봐!!
미정   (확) 니가 엄마야?

모두가 조용. 이거 확실히 뭔가 있다.
모두가 가만히 미정을 보는데, 기정이 어떤 촉으로

기정   너 찬혁이 새끼한테 돈 뜯겼지?
미정   …!
창희   … (아… 그랬구나…)
기정   (순간 미정의 머리통을 날려버리고) 이 븅신 같은 년이.
창희   (불같이) 에이씨 왜 애를 때리구 지랄야!

미정은 눈물이 뚝뚝 떨어지기 시작하고.

기정   야. 염제호 씬 동생한테나 뜯겼지, 붕신아. 남편도 아니고 남친
        한테 돈 꿔주는 년이 어딨냐. 그 새끼 전화번호 뭐야? 그 새끼
        전화번호 뭐야? 그 새끼 전화번호 안 내놔?
미정   한국에 없어…

        모두 가만. 암담한데…
        미정은 눈물이 뚝뚝 떨어지고…

기정   왜 얘기 안 했어? 너 식구 없어? 엄마 아부지 없어?
창희   (확) 나 같아도 말 안 해! 돈 사고 쳐서 인간 취급 못 받는 날 봤
        는데, 얘가 말을 하냐? 나도 안 해! 굶어 죽어도 안 해. …쇠고랑
        을 차든 말든 집에만 걸리지 말자였지, 우리가 언제 집구석 의
        지한 적 있어?

        그 말에 조용히 무너지는 제호. 마음이 쓰리고.
        각처에 처참한 심정으로 있는 네 사람…

51.   오피스텔 지하 주차장 (밤)

        차량 하나가 주차장을 들어오고…
        창희는 한구석에 쪼그려 앉아 지나가는 차를 본다.

입구에서 들어오는 차들을 놓치지 않고 볼 수 있는 곳에서, 들어오는 차를 하나하나 보는 느낌. 예전에 구씨의 차를 가지러 왔던 그 주차장. [INS. 10화. 구씨가 키를 들어 버튼을 누르면, 한쪽에서 차량이 울리고. 그쪽을 보고 감격에 겨워하던 창희.]

쪼그려 앉아 있는 창희의 눈앞에 그때의 영상이 펼쳐지듯 흐르고.

다시 차량이 들어오는 소리에 시선이 가고… 그러나 구씨의 차가 아니고…

그렇게 앉아 있는 창희…

52.   달리는 버스 (밤)

승객은 별로 없고. 자리에 앉아 있는 창희. 창밖을 보는 뒤통수에서…

창희   (E) 형… 어디 살아? / 잘 살아? / (한참 만에) 형… 우리 엄마 죽었다.

그런 창희의 뒤통수에서.

53.   병원 (다른 날, 낮)

통화하는 현아…

113

현아   너 왜 청혼하고 씹어? 전화도 안 받고.

54.   집. 거실과 주방 (낮)

가스레인지 앞에서 국 데우며 전화 받는 창희(작업복 차림).

창희   바빴어.

누군가 현아의 전화를 뺏는데, 침대에 누워 있는 혁수.
그사이 상태가 나빠진 듯 얼굴도 안 좋고 웃음기는 가셨지만, 그래도
여전히 말에 위트는 살아 있는.

혁수   야. 나 아직 안 죽었다. 내가 이럴 줄 알았어. 이것들이.
창희   신경 쓰지 마요. 현아가 안 받을 건데요 뭐.
혁수   얘가 받으면? (현아에게) 니가 안 받을 거래.
현아   받아.
혁수   받는대.
창희   나 밥해야 돼요.
혁수   내가 링크 걸어준 거 봤냐? 납골당. 내가 다 뒤져봤는데, 거기가
       제일 좋아. 깔끔하고. 어머니 그리 모시자. 나도 거기 들어가게.
       나 니네 엄마 모시는 데로 간다.
창희   형 엄마랑 들어가.
혁수   우리 엄마 오래 사신다. 난 찾아올 사람도 없고, 니네 엄마랑 있

어야 엄마 보러 온 김에 나도 볼 거 아냐. 현아하고 니 껏도 내
가 예약해 줄게.

창희   헐. 순장이야?

혁수   니들은 천천히 와. 우리 웬만하면 죽어서도 한곳에 몰려 있자.
심심하지 않게.

현아가 또 혁수의 전화를 뺏고.

현아   미정인?

창희   (!) 미정이 뭐?

현아   …별일 없나 해서.

창희   니가 물어봐. 너 미정이랑 친하잖아. 나보다.

혁수가 또 현아의 전화를 뺏고

혁수   창희야… (불러놓고 숨을 고르듯 가만) 난… 즐거운 사람이 필요
해… (미소)

창희   … (움직이던 손이 멈칫)

혁수   창희야… 즐거워야 된다…

창희   … (조금 마음이 살고) 내가 형 땜에 산다…

55.   공장 (낮)

만든 서랍장을 한쪽에 쌓고… 아무렇지 않게 혼자 일하는 제호의 뒷
모습.

그러다가 멈추고… 우는지 어쩌는지 눈가에 손이 가고…

컷 튀면, 의자에 맥없이 앉아 있는 제호.

56.   집. 거실과 주방 (낮)

제호와 창희가 마주 앉아 점심을 먹는데,

창희가 제호의 안색을 살피다가 나름 좀 따뜻하게

창희   아부지. 걱정 마세요. 우린 더 화목해질 거예요.

제호   … (살짝 울컥)

창희   근데요… 4인 가족이 화목할라믄요………. 차가 있어야 돼요.

제호   …

57.   도로 일각 (다른 날, 낮)

결국 차를 뽑은 듯, 창희가 운전하고 옆엔 제호, 뒤에는 기정과 미정.

창희는 부드럽게 운전하고, 세 식구는 창밖을 보고… 간만에 모두 편
안한 얼굴.

58.　바닷가 (낮)

바닷가를 거니는 네 식구. 그렇게 거닐다가

기정　나 아빠랑 바다 처음 보는 것 같네?

창희　식구끼리 바다 온 게 처음이다. 누나랑 둘이었을 땐 그래도 엄마 아부지랑 놀러 다닌 기억 있는데, 얘(미정이) 태어나곤 전멸이야. 다섯 명이 버스 타고 전철 타고 다닐래니 힘들어서 못 다닌 거지.

기정　다섯이라 힘들어서 못 다닌 게 아니고, 그때 고모가 사고 쳐서 못 다닌 거야. 그 뒤로 쭉.

창희　우리 가족의 빌런은 고모야.

미정　무섭다. 나도 고모 될 건데.

기정　야. 우린 돈 떼먹는 못된 고모 될래야 될 수가 없어. 아빠 고몰 사랑했어. 그래서 케어했어. 땅까지 잡혀서. 저 새긴 우릴 그 정도로 사랑 안 해!

창희　모르나 본데, 내가 있으면 다 퍼줘. 없어서 못 주지.

기정　우리 결혼해서 서로 돈으로 엉기진 말자.

창희　(나한테) 엉기지 마! 절대. (나 돈 엄청 벌 건데.)

기정　아니다. 엉겨라. (생각해 보니) 씨이. 나도 줄 것 같다… 준다… 백 퍼. 근데 이건 알아야 돼. 우리끼린 애정이 있어서 그런다 쳐. 우리 자식들도 우리 셋한테 애정이 있을까? 없어! 이게 문제야. 아빠 고몰 사랑해. 우린 안 사랑해. 이게 문젠 거야.

창희　그러니까 내가 늘 말하잖아. 세상사 다 애정법이라고.

넷이 바닷가를 거닐고…

각기 이렇게 저렇게 거닐다가…

창희는 멈춰서 쓸쓸히 바다를 보고 있는 제호 옆에 서서 바다를 보다가

창희   아버지 옆엔, 아직 셋이 있습니다.

제호   …

창희   아버지. 애정합니다.

제호는 계면쩍어 자리를 옮기고…

그렇게 바닷가를 거니는 네 사람…

그러다가 창희는 기정과 미정을 바닷가로 밀치며 장난.

59.   돌아오는 길. 달리는 차 안 (낮) - 저물녘

창희는 운전하고, 기정은 곯아떨어져 있고.

다들 차분한데 뭔가 쓸쓸한 분위기…

멍하니 창밖을 보는 미정.

앞으로 어떻게 살아야 하나… 쓸쓸하고 깊은 눈빛…

60.   집. 거실과 주방 (밤) - 2022년

13화 80씬. 마주 앉아 있는 제호와 구씨. 숙연한 분위기.
한동안 말이 없고…

제호   다 내가 건사하며 사는 줄 알았지. 집사람 떠나고 나서 알았어.
       집사람이나 애들이나… 다 날 건사하면서 살았다는 걸…
구씨   …

컷 튀면, 제호는 한쪽에서 종이에 미정의 연락처를 쓰고.
구씨 앞에 종이를 내밀고.
보다가 그 종이를 집어 드는 구씨.

제호   (구씨를 보며) 잘 사는 거지?
구씨   (제호를 보다가 시선을 내리게 되고. 그래도) …네.

61.   구씨네 앞 (밤)

13화 81씬. 앉아서 술 마시던, 그곳에 앉아 있는 구씨.
거기에 앉아 예전에 보던 대로 풍경을 본다.
낯선 듯, 이쪽저쪽을 본다.
시선을 내려 손에 들린 쪽지를 펼쳐본다.
제호가 써준 미정의 연락처.

[염미정]이라는 글자를 가만히 보는 구씨.

62.　단골 바 (밤)

손님이 없는 조용한 바. 혼자 앉아 있는 구씨의 뒷모습.
마담은 한쪽에서 조용히 움직이면서도 구씨가 신경 쓰이는 듯 힐끗
거리고.
빙긋이 웃고 있는 구씨의 눈가가 눈물로 번들번들.
그러다가 자신을 힐끗거리던 마담과 눈이 마주치고.

구씨　… (빙긋이) 하나도 슬프지 않은데, 왜 눈물이 날까요.

그런 구씨의 모습에서.

63.　오피스텔 (아침)

조금 열린 커튼 사이로 가늘게 빛이 들어오는 어두운 방.
천천히 삐.비.비.빅 도어락을 누르는 소리.
비번이 틀렸는지 빠른 경고음.
살짝 욕지기가 들리고. 다시 천천히 버튼을 누르는 소리.
그리고 철커덩 문이 열리고. 취해 들어오는 구씨.
침대로 가는 구씨의 동선에서 보이는,

벽 쪽으로 잔뜩 붙어 있는 술병(소주병보다는 양주병).

풀썩 침대에 앉는 구씨. 구씨의 어깨 정도에 열린 커튼 사이로 들어오는 빛이 떨어지는데… 구씨는 멍하니 있다가, 그 빛으로 얼굴을 들이밀었다가… 천천히 다시 빠진다. 그리고 쓰러지듯 침대에 풀썩.

죽은 듯이 조용한 모습에서, 발신 전화음 선행되고.

64. 도심 일각 (다음 날, 낮)

발신 전화음이 이어지고.

구씨가 핸드폰을 하며 서 있다. 한참 만에.

미정	(F) 네.
구씨	!
미정	(F) …여보세요?
구씨	…오랜만이다.
미정	!
구씨	나 구씨.
미정	!
구씨	…
미정	(F) 오랜만이네.

서로 말이 없다가…

구씨	어떻게 지내시나?
미정	…
구씨	그동안 해방은 되셨나?
미정	(F) …그럴 리가.
구씨	…추앙해 주는 남잔 만났나?
미정	(F) …그럴 리가.
구씨	…보자.
미정	(F) …안 되는데.
구씨	왜?
미정	(F) …살쪄서. 살 빼야 되는데.
구씨	한 시간 내로 빼고 나와.
미정	…

65. 도심 일각 (낮)

구씨는 이쪽저쪽을 보며 서 있고.
그렇게 기다리다가 한쪽을 보고는

구씨	!

미정이 걸어오고 있다.
미정도 구씨를 봤고. 미소. 어색해 시선을 피하듯 딴 데 보고.
구씨도 미정을 보며 천천히 다가가고.

서로 얼굴에 반가운 미소는 떠나지 않는데 어색해 시선은 똑바로 두지 못하고…
걸어가는 두 사람.

구씨   많이 안 쩠는데 뭐.

서로 보고 웃었다가 외면했다가…
그러다가 미정이 구씨를 좀 오래 보고…

구씨   왜?
미정   머리. 길었네?
구씨   잘생기지 않았냐?
미정   (웃고 말고)
구씨   넌 잘랐네?
미정   조금.

그렇게 걷다가

구씨   전화번호 바꿨더라? 겁도 없이.
미정   (웃으며 딴짓하다가) 열 뻗쳐서. 전화 기다리다가.
구씨   …
미정   우리 집을 모르는 것도 아니고. 연락하고 싶으면 어떻게든 하겠지(싶어서).
구씨   …

미정   옛날 번호로 전화한 적 없잖아. 있나?

구씨   (대답이 없고. 괜히 웃기만. 그러다가 내뱉듯) 보고 싶었다. 무진장.

미정   (환하게 웃으며 딴 데 보고)

구씨   (문득 놀라운) 말하고 나니까 진짜 같다. 진짜 무지 보고 싶었던
       것 같다…

       웃으며 서로 얼굴을 봤다가 말았다가…

구씨   (장난기 어린 농담처럼 진담) 주물러 터트려서 한입에 먹어버리고
       싶었다.

미정   (표정…)

구씨   나 이제 추앙 잘하지 않냐?

       그렇게 걸어가는 두 사람의 뒷모습에서

미정   (E) …이름이 뭐예요?

구씨   (E) …구자경이라고 합니다.

       그런 두 사람의 모습에서.

15

EPISODE

"1 대 다수일 때는 항상 1이 기습해. 다수는 1을 기습하지 않아. 1은 늘 경계 태세야. 1이라…"

1.   거리 일각 (낮)

(14화 엔딩에 이어) 사람이 좀 있는 거리를 걷는 미정과 구씨.

미정   이름이 뭐예요?
구씨   구자경이라고 합니다.

서로를 힐끗거리며 웃으며 걷다가…

미정   몇 살이에요?
구씨   올해 마흔하나.
미정   (헐. 살짝 발걸음이 멈춰지고. 다시 걷는데)
구씨   왜? 너무 많아?
미정   (미소)
구씨   넌 몇 살인데?
미정   난… 서른둘 됐다. (본인도 나이가 새삼스러운)
구씨   (놀라운) 그럼 그때 20대였단 말야? 내가 20댈 만났었다니…
미정   …내 전화번호는 어떻게 알았어요?
구씨   …집에 갔었어.
미정   …!

미정은 엄마 생각에 말이 없어지고. 둘 다 마음이 좀 안 좋아지고.

미정   언제?

구씨   며칠 전에.

미정   갑자기 왜?

구씨   그냥.

미정   엄마 돌아가신 거 알았겠네.

구씨   …응.

미정   …아빠 재혼하신 것도.

구씨   …

미정은 추운지 고개를 파묻고.
그렇게 걷다가 흘겨보듯이 곁눈으로 구씨를 본다.

구씨   왜?

미정   신기해서. 이런 날이 오긴 오는구나. 언제 어떻게 만나게 될까. 만나게 되기는 할까. 지금 전화 오면 얼마나 좋을까. 그렇게 간절히 바라던 순간엔 조용하더니. 정말 어이없는 순간에…

구씨   … (피식) 뭐 하고 있었는데?

미정   …전쟁 직전. 오늘 완전 흑화되려고 했었는데.

구씨   누구랑?

미정   (그냥 미소만. 문득 멈춰 서서) 근데 우리 어디 가요? (목적지도 없이 걷고 있다)

구씨   (둘러보는) 그러게. 춥지? 어디 들어갈래? 커피숍?

미정   (둘러보다가) 추워요?

구씨   아니. 넌?

미정   나도 별로. 그냥 걸어요. (다시 걷는) 어색할 것 같애. 커피 놓고 마주 앉아 있는 거.

구씨   생각해 보니까 너랑 커피숍에서 커피 마신 적이 한 번도 없다.

미정   그 동네에서 커피 마실 일이 뭐 있었나. 맨날 배추 뽑고 무 뽑고.
그러다가 냉수 마셨지.

구씨   (미소)

2.   강남. 공원 (낮)

도산 공원이나 학동 공원 같은 강남의 공원을 걷고.
너른 공간에 사람은 한 명도 없어 탁 트인 공간을 천천히 걷는 두 사람.

구씨   역시… 우린 이런 들이 어울려.

미정   편하지. (풍경을 보며) 나무, 바람, 돌은 우릴 거슬리게 하지 않
잖아.

구씨   사람 많은 데선 이상하게 신경이 곤두서. 커피숍에 옆 테이블에
혼자 앉아 있는 사람도 거슬려. 아무것도 안 하고 그냥 앉아 있
는데. (희한해)

미정   우린 그냥 인간을 싫어하는 듯.

구씨   …나만 싫어하는 줄 알았는데?

미정   …이렇게 걷다가 앞에서 누가 오면 그 사람도 거슬리지 않아
요?

그때 저 앞에서 빠른 걸음으로 산책 중인 중년 남성이 오고.

129

구씨와 미정은 좀 떨어져서 그 사람이 지나갈 널찍한 간격을 만들어

주고.

그 사람이 지나가고 나면…

미정   저 사람도 우리가 거슬릴까?

구씨   1 대 다수일 땐 항상, 1이 거슬려해. 다수는 1을 거슬려하지 않

아.

미정   …

구씨   1은 늘 경계 태세야. 1이라…

미정   …

그 말이 미정의 마음에 들어온 듯. 자신이 힘겨운 원인을 안 듯. 구씨

도 비슷한 마음. 구씨의 표정이 잠잠해지고. 미정을 앞장서 가며…

구씨   널 만나면 이상해. 생각지도 못한 말들이 줄줄 나와. (딱히 좋은

기분은 아닌 듯)

미정   …우린 2야, 아니면 1 대 1이야?

구씨   … (돌아보는) 너 나 경계하냐?

미정   … (치켜뜨고 보는)

구씨   …!

미정   …진작 전화하지 씨이.

경계하는 마음이 확 무너지는 두 사람.

흔들리고 출렁이는 마음. 그렇게 서로 보고만 있는.

3. 시장 (밤)

광장 시장 같은, 사람이 붐비는 거리를 걸어가는 두 사람의 얼굴이 환하고. 어깨에 짐을 지고 가는 짐꾼을 피해 고개를 뒤로 빼면서도 환하게 웃는 구씨.

미정은 좌판에 있는 몇 만 원짜리 운동화를 신어본다. 구두를 신어서 불편한 듯.

구씨는 가다가 그런 미정을 돌아보고 와서 주인에게 얼른 현금을 내밀고. 미정은 아니라고 자기 카드를 내미는데, 구씨가 계산을 해버리고. 그리고 배낭을 사서, 거기에 미정의 가방과 비닐에 싼 구두까지 넣고, 짐꾼처럼 메고 앞장서 간다.

누군가를 건사하고 살갑게 대하는 느낌.

미정은 운동화를 신고 빈손으로 그런 구씨를 뒤따르고.

새로 산 미정의 털장갑에 플라스틱 실끈으로 묶여 있는 부분을 끊으려고 애쓰는 구씨. 힘줘 뜯어보려고 하고, 이빨로 끊어보려고 하고. 그런 구씨를 가까이 마주 서서 보는 미정. 애쓰는 구씨의 손끝을 보다가, 구씨의 얼굴을 보다가… 이런 사소한 동작이 왜 이렇게 다정하게 느껴지는지. 우리가 이렇게 가까이 마주 서 있었던 적이 있었는지… 됐다! 아이처럼 신나서 장갑을 미정에게 내미는 구씨.

4.　시장. 좌판 (밤)

좁은 좌판에 나란히 앉아서 음식을 먹는데, 옆에 손님이 앉으려고 하
자, 구씨는 미정 쪽으로 바짝 당겨 앉아서 공간을 만들어주고. 번잡스
런 인파가 별로 거슬리지 않는 것 같은. 그때 구씨의 핸드폰이 울리
자, 발신인 [삼식이]를 확인하고는 그냥 끊어버리는데, 바로 또 핸드폰
이 울리고.

구씨　　(받는) 일요일에 왜 전화야?

5.　구씨 오피스텔 앞 + 시장 (밤)

구씨의 오피스텔 앞에서 차를 세워두고, 차 밖에 나와서 전화하던 삼
식은 멍해서

삼식　　오늘 토요일인데요?
구씨　　!
미정　　오늘 토요일인데?
구씨　　! (멍한)
미정　　(보는)
구씨　　알았어. 일단 끊어봐. (끊고 가만. 어떡하지?)
미정　　왜?
구씨　　… (어떡하지?)

미정 갔다 와. 갔다 못 오나?

구씨 아니. 갔다 와. 금방 와. 금방 올게, 어디 들어가 있어. (급히 일어나고)

미정 천천히 갔다 와요.

구씨 (가며) 금방 올게.

#사람들 붐비는 시장을 헤쳐 나가는 구씨.

미정은 좌판에서 마저 먹으며 구씨가 사라진 쪽을 보고.

6. 클럽1 앞 (밤)

클럽1 앞에서 가방 모찌가 이쪽저쪽을 보며 애닯아 기다리고 있고,

혼잡한 차량들 사이에 택시 한 대가 와 서고, 거기에서 내리는 구씨.

구씨는 가방 모찌는 쳐다도 안 보고 바로 입구로 가고.

가방 모찌가 구씨를 보고 따라 들어가고.

7. 클럽1. 사무실 (밤)

테이블에는 돈뭉치가 있고, 구씨는 한 손에는 자료를 들고, 한 손에는 양주잔을 들고, 눈으로 자료를 읽으며 술잔을 입으로 가져간다. 마음이 급한 듯. 훅 원샷 하고 잔을 쾅 내려놓는!

8.   클럽1 앞 (밤)

그사이, 삼식이 운전해 온 차량이 이곳으로 와 멈춰 서는데,
구씨와 가방 모찌가 클럽에서 나와 올라타고.

9.   달리는 차 안. 도로 일각 (밤)

구씨는 팔걸이에서 술을 꺼내 마시며 창밖을 보는데, 설렘, 긴장, 조
급함.
조금 가다가 차가 막혀 있자 애가 타고.

구씨 내리자. 뛰자.
가방 네?

황당해 뒤돌아보는데, 구씨는 이미 내렸고. 차 문이 쾅! 닫히고.

#구씨는 뛰고. 가방 모찌도 어쩔 수 없이 쫓아 달리고.
 마음은 급한데 신나 보이는 구씨의 얼굴.

10.   클럽2 앞 (밤)

막힌 길을 뚫고 뒤늦게 도착한 차가 클럽2 앞에 스르륵 도착하자마자,

클럽2 안에서 튀어나오는 구씨. 차에 올라탈 생각도 안 하고 그냥 인도를 내달린다. 가방 모찌도 쫓아 나와 구씨를 따라 달리고.
삼식이 운전하는 차는 어쩔 수 없이 다시 둘을 쫓아 달리고.

11.　현진 업소 앞 (밤)

그렇게 달려서 도착한 현진이네 업소. 구씨는 입구로 들어가고.
뒤늦게 가방 모찌가 뛰어오고. 힘든지 자세가 흐트러지고 헉헉…

12.　현진 업소 (밤)

#지하 계단을 다다다 내려가는 구씨의 발.
#그런데 문을 엶과 동시에 와장창창 깨지는 소리와 남녀의 비명.
　홀 안의 모든 사람이 얼음이 되어 서 있고.
　가방 모찌가 내려오다가 구씨 뒤에 멈춰 서고. 정지 자세.
　구씨 앞을 가로막고 서 있던 남자가 천천히 돌아보는데, 정욱이다.
　머리에선 피가 솟구치고. 술병으로 내려친 듯, 깨진 병을 손에 들고 있는 여자. 백화점의 그 여자!
　여자는 구씨를 보고는 너 잘 걸렸다 싶은 얼굴로 뚜벅뚜벅 진격해오고.
　구씨는 순간 얼굴로 날아오는 병을 피해서 여자의 팔을 비틀어 꺾는데, 순간적으로 눈에 살기가 돌고. 쌍! 여자는 "놔아! 다 죽어버릴 거야!"

#동료들이 정욱의 머리를 수건으로 틀어막고 양쪽에서 부축해서 급히 나가고.

13.   현진 업소. 복도 (밤)

구씨는 저벅저벅 사무실 쪽으로 가는데,
여자가 반항하며 악악대는 소리가 들리고,
"놔아! 두고 봐. 니들 다 고소할 거야!"
현진은 구씨를 따르며 변명처럼 설명.

현진   백화점에서 짤렸다고 초저녁부터 와서 술 퍼마시고 지랄지랄하는데… 내가 사고 칠 줄 알았어…

14.   현진 업소. 사무실 (밤)

그렇게 사무실에 들어오는데, 테이블 위에 놓인 돈이 현격하게 적은.
현진은 눈치가 보여 쭈뼛쭈뼛. 구씨는 돈을 보자마자 돌겠는데, 그때
벽면의 거울에 비친 자신의 얼굴. 빨간 줄이 간 게 보인다.

구씨   !

거울 앞으로 바짝 가서 보는데, 턱 끝부터 귀까지 가늘고 길게 빨간 줄이 갔다. 슥슥 만져보자 선홍빛 피가 살짝 번지고. 씨이! 여자가 휘두른 병에 그어진 듯. 순간 빡 도는 구씨. 밖에선 어깨들의 손에 이끌려 나가며 악악대는 여자의 목소리가 들리고. 다시 뚜벅뚜벅 나가는 구씨. 돌아버리겠는 현진.

#복도. 구씨는 여자의 소리가 나는 쪽으로.

#홀. 구씨는 거칠게 어깨들을 젖히고 여자 팔을 뒤로 꺾어 잡고, 여자는 바닥에 엎드려 앉은 자세.

구씨   돈 안 갚을려고 핸드폰 번호 바꾸고 잠수 탄 년이! 사람들 앞에서 쪽팔린 건 억울하냐? 그럼 내가 너한테 곱게 가서, 죄송하지만 제 돈 좀 주세요, 그랬어야 됐냐? 왜-? 왜-? 너는 끝까지 예의 없었으면서, 왜 나는 너한테 끝까지 예의 지켜야 되는데? 왜? 왜?

#사무실.
현진인 전전긍긍인데, 저벅저벅 다가오는 구씨의 발소리. 구씨는 들어와 둘러보다가 책상 서랍을 잡아 빼는데, 서랍이 통째로 빠져나와 요란한 소리를 내며 바닥을 뒹굴고. 숨긴 돈을 찾는 듯.

현진   (자분자분) 자경아. 구 대표. 어젠 진짜 손님 없었어…

구씨는 상관없이 1인용 소파 하나를 뒤집어엎어 보고.
그렇게 소파를 다 뒤집어 보는데.

현진   진짜 이게 다라고! CCTV 깔래면 까봐!

긴 소파를 뒤집어엎자, 칼로 그었는지 테이프로 붙인 자국.
구씨는 그 지점을 계속 발로 까부셔서 입구를 넓게 만들고.
서기에 손을 넣어 쇼핑백 뭉치를 꺼내고.
쇼핑백을 거꾸로 들어 테이블에 돈다발을 쏟아내면,
한쪽에 경직돼 서 있던 가방 모찌가 말없이 와서 돈을 세고, 서류를
수정하고.
그러는 동안 구씨는 현진을 보는데, 현진은 죽고 싶은 표정.

구씨   왜? 오늘 또 밤새 카드 하시려고?
현진   하려고 한 게 아니고··· 저번에 진 카드 빚··· 오늘까지 안 갚으
면 죽인다고.
구씨   ···

15.   금고 오피스텔 (밤)

양쪽의 가방 모찌들이 돈을 세고, 회계사가 서류를 정리하는 동안, 신
회장은 가만히 구씨를 본다. 이미 벌건 눈, 그리고 얼굴에 난 상처가
눈에 거슬리는 듯.

신 회장 총기가 떨어지나 봐. 칼도 맞고···
구씨   (얼굴을 슥 만지고, 괜히) 칼 아니고, 병이에요···

신 회장   …안 마시는 날이 일주일에… 반나절은 되나?

구씨   … (그러거나 말거나)

16.   차 안. 도로 일각 (밤)

차에 오르는 구씨. 기분이 더럽고. 술을 꺼내 마시고.

차는 천천히 출발하는데, 삼식은 긴장해 있고. 조금 달리다가

삼식   어디로 모실까요?

구씨   …

미정에게 가야 되는데 엄두가 안 난다. 다시 술을 마시고.

핸드폰을 보는데

[INS. 미정에게서 온 톡. 가게의 이름이 선명한 톡. 위치가 링크 걸려

있고. 천천히 와요.]

어떻게 해야 되나… 자꾸 심호흡을 하게 되고.

차가 달리는 와중에, 구씨는 뒷좌석에서 조수석으로 힘들게 넘어오고.

삼식은 긴장. 왜 이러시나.

구씨는 조수석에 앉아 선바이저를 내려 거울로 얼굴의 상처를 본다.

보다가 성질나 확 선바이저를 올려버리고. 가지 말까?

17. 술집1 (밤)

칸막이로 가려진 공간에 간단한 술과 안주를 놓고 혼자 앉아 있는 미정. 핸드폰을 보다가 창밖을 보다가…

18. 술집1 앞 (밤)

정차한 차량에 앉아 있는 구씨. 구씨의 시선에 미정이 보낸 가게의 이름이 보인다.
도착했으나 내리질 못하겠다. 일단… 내리자. 힘들게 내리고.
차는 떠나는데, 선뜻 들어가질 못하는 구씨.

19. 술집1 (밤)

누군가 들어오는 소리에 미정이 쫑긋해서 본다. 구씨인 듯, 반가워하는 얼굴. 그러나 가까워지는 구씨를 따라 시선이 움직이면서 불길해지는 미정의 표정.
구씨는 미정 앞에 털썩 앉고.
얼굴의 상처와 술기운. 구씨는 싱겁게 웃고.

미정   !
구씨   그런 거야.

전등(갓등)이 낮아, 상처 난 하관이 더 정확하게 보이는. 그게 마음에
안 들어서 구씨는 자꾸 전등을 올려보려고 하고. 귀찮지만 장난스럽
게 그런 행동을 계속하고.

미정은 그런 구씨를 보다가…

미정 한 시간 반 만에, 딴 사람이 돼서 왔네.

구씨 인생이 이래. 좋다 싶으면 바로. 하루도 온전히 좋은 적이 없어.

미정 …

구씨 …

미정 하루에 5분. 5분만 숨통 트여도 살 만하잖아. 편의점에 갔을 때,
     내가 문을 열어주면 '고맙습니다…' 하는 학생 때문에 7초 설레
     고. 아침에 눈 떴다가 '아, 오늘 토요일이지…' 10초 설레고… 그
     렇게 하루 5분만 채워요. (싱긋) 그게, 내가 죽지 않고 사는 법.

구씨 …!

구씨는 그 말에 미정이 어떻게 살아왔는지 가늠이 되고.

구씨 여전히, 한 발, 한 발… 어렵게, 어렵게… 가는 거냐?

미정은 그 말을 기억한다는 게 또 감동이고.
구씨는 힘들게 무거운 코트를 벗으며,

구씨 가보자. 한 발, 한 발… 어렵게, 어렵게… (손을 들고, 호탕하게 점
     원을 부르는) 여기요!

141

미정   (안심하는 얼굴)

슬로우로 잔이 채워지고 채워지는 모습…

20.   거리 일각 (밤)

몽환적인 느낌으로 눈이 내리는 검은 하늘.

그런 하늘을 올려다보는 미정과 구씨. 취했는데 잠잠해지는 분위기.

걷기 시작하는 두 사람.

눈 오는 거리를 꾸역꾸역 걸어가는 두 사람의 모습 위로…

구씨   (E) 얼마 전에 폭설 와서 운전하던 사람들 다 도로에 차 버리고
         간 적 있었어.

미정   (E) 있었어.

구씨   (E) 나도 영동대교에서 차 버리고 걸어가는데… 갑자기 그런 생
         각이 들더라. 지구가 이대로 한동안 멈춰버리면, 이대로 걸어서
         산포로 가겠구나… 최단 거리 잘 찾아서 가면… 28키로. 새벽
         이면 도착하겠구나. 어디에서 어디로 꺾어져서 어떻게 갈지…
         머릿속으로 자세히 가는데… 웃겼어. 지구가 멈추면 밤새 걸어
         서 거길 가겠다고 생각한 게. 그냥 차 타고 가면 금방인데.

어깨를 움츠리고 떨며 가던 미정의 뒤통수가 살짝 멈춰 서고.

구씨의 그 말이 감동인 듯.

구씨는 가다가 미정을 돌아보고.

미정이 가까이 올 때까지 기다렸다가 다시 걷고.

눈발이 더 세져서 두 사람의 형체가 가물가물한데,

그렇게 천천히 가는 두 사람의 모습 위로

미정   (E) 기억하나? 예전에 나한테 돈 꾸고 외국으로 날랐던 놈. 전
       여친한테.

구씨   (E) …전 여친한테 갔단 말은 안 했는데.

미정   (E) …오늘, 그놈 결혼식이었어.

구씨   …

미정   (E) 내 돈도 다 안 갚고. 아직 600이나 남았는데. 스드메 다 갖
       춰서. 하객도 부르고. 뷔페에서. 그럴 돈 있으면 내 돈 갚으라니
       까 그 새끼가 나한테… 30분을 지랄하는데, 듣고 있다가, 듣고
       있던 컵을 부서뜨렸어.

       [INS. 꽉 쥐고 있는 컵이 순간 퍽 부서지는]

       구씨는 멈춰 서게 되고…

       미정은 상관없이 계속 가고…

미정   (E) 내가 아직도 등신 같은 염미정인 줄 아나 부지. 결혼식 가서
       신랑 신부 뒤에 서서 가장 살벌한 표정으로 사진 찍어줄 거고,
       나올 때 축의금 챙겨 올 거다. 죽기로 결심하고. 갔어. 당신 말대
       로 1 대 다수를 감당하면서. 축복하는 다수 속에 재 뿌리러 가는
       1이 되기로 하고. 1이 되자. 완전한 1이 돼보자. 사진사가 신랑

143

신부 친구들 나오라고 하길래 일어나는데… 그때 전화가 왔어.

(E) 진동 벨 소리가 들리고.

잠시 후, 그 전화를 받는 미정의 목소리.

미정   (E) 네.

눈발이 세지다 못해 거의 하얀색만 보이는.

아무 소리 없는 적막.

미정   (E) …여보세요?

구씨   (F) …오랜만이다. …나 구씨.

구씨가 멈춰 서 있고. 미정도 서 있고. 서로를 보고.

춥고, 취했는데도, 눈빛은 창창한.

미정   (추워서 떨리는) 이 사람, 날 완전히 망가지게 두지 않는구나…

날 잡아주는구나…

서로 그렇게 보고 있는데, 구씨의 얼굴에서 "내리라고!" 했던 미정의

목소리가 선행되면서,

[INS. 전철에서 술 취한 창희를 잡아끌었던 미정,]

[INS. 당미역 앞에서, 눈 오던 날, 한쪽에 있던 미정과 창희를 보던 구

씨의 시선]

다시 눈발 속에 서 있는 현재의 미정과 구씨의 모습. 2018년 겨울엔 그렇게, 2022년 겨울엔 이렇게 눈 속에 서 있다.

21.   창희 편의점 앞 (밤)

강북의 고즈넉한 동네에도 눈이 내리고, 편의점에만 불이 켜진.

22.   창희 편의점 (밤)

그 편의점 계산대에 앉아 책을 보는 창희.
서울과 관련된 서적(경복궁이나 종로구에 관한 책)이 몇 권 놓여 있고, 정선의 '인왕제색도' 포스터(4절지 크기 정도)를 보고 있다. 찬찬히 그림을 보는.
그러다가 창밖에 눈 내리는 걸 보고, 다시 그림을 본다.

23.   구씨 오피스텔 (밤)

와장창 술병이 구르는 소리. 좁은 현관에서 둘이 비틀거리며 신발 벗으며 깔깔깔. 구씨는 신발을 미처 벗지 못하고 휘청거리며 들어와, 신발을 털어내듯이 벗어 던지자 또 병이 구르고. 미정이 쓰러진 술병을 똑바로 세워놓으려고 하자 구씨 치우지 마. 못 치워.

벽에 뱅 둘러친 술병들. 어이없어 웃음이 나오는 미정.
현관 등이 꺼지자 또 암흑. 또 와장창 소리. 깔깔깔.
철퍼덕 소리와 함께 한쪽 스탠드가 켜지고.
구씨가 쓰러지며 터치다운 하듯 스탠드 전등을 켰고.

미정 (추운 듯) 방이 냉골이야.

미정은 취한 와중에 보일러 기기 앞에서 뭔가 눌러보는데,
구씨는 지쳐서 코트를 입은 채로 침대에 풀썩 눕고,

구씨 고장 났어.

어우… 그냥 웃고 마는 미정.
개수대에 보면 몇 개의 잔이 말라서 뒹굴고 있고.

미정 뜨거운 물은 나와?
구씨 미지근한 물.
미정 이렇게 좋은 오피스텔에서, 이렇게 난민처럼 살다니…
구씨 술꾼한텐… 술잔만 깨끗하면 돼…
미정 왜 도우미 안 써? 돈 많대매.
구씨 귀찮아. 비번 가르쳐줘야 되고, 때 되면 돈 부쳐야 되고…

미정도 구씨 옆에 눕고. 그렇게 있다가

미정   (코를 만지며 피식) 코 시려…

구씨는 누운 채로 한 손으로 힘겹게 이불을 잡아끌어, 코트 위로 이불
을 덮고. 미정의 목까지 꾹꾹 눌러 여며주고.
마주 보고 누워 있는 두 사람. 미정은 빙긋이 보다가 스르륵 눈이 감
기고.
구씨는 그런 미정을 보다가…

구씨   나도 개새끼였냐?
미정   (눈 감은 채로) …이젠 아냐. …전화 왔는데 뭐.
구씨   어제까진 개새끼였고?
미정   (눈 감은 채로 미소)
구씨   … (가만히 보는)

24. 빌라 외경 (다음 날, 낮)

25. 빌라. 현관문 앞 (낮)

현관문에서 나오는 기정. 좀 짧아진 머리.

26.   빌라 앞 (낮)

웅숭그리며 빌라 건물에서 나오는 기정.
강북에 있을 법한 오래된 빌라.

27.   창희 편의점 앞 (낮)

기정이 한 편의점으로 들어가고.

28.   창희 편의점 (낮)

창희   (E) 어서 오세요.

계산대에서 손님을 응대하고 있는 창희.
기정은 빠르게 걸으며 한 걸음에 컵라면 집어 들고, 한 걸음에 뭐 집
어 들고… 익숙한 공간인 듯 그렇게 물건을 챙겨 들고, 신선 식품 코
너 앞에서 뭘 먹을까 보고 서 있고, 창희는 "안녕히 가세요" 하며 손
님을 보내고, 계산대 안에서 물건들을 정리하며 그런 기정을 힐끗거
린다.

창희   …성당 안 가?
기정   … (뭐 먹을까 고민 중) 안 가. (이거 먹어야겠다. 집어 들고)

29.   빌라. 거실과 주방 (낮)

기정은 TV를 보며 사 온 것들을 우걱우걱 먹는데,
미정이 씻고 나오는 듯 수건 들고 화장실에서 나오고.

기정   (쳐다도 안 보고) 웬일이냐. 아침에 다 들어오고.

미정   … (주방으로)

기정   남자 생겼냐?

미정   … (물을 마시고) 성당 안 가?

기정   (성질) 안 가! (자꾸 묻고 난리야)

미정   (힐끗 보는. 또 싸웠나 하는)

30.   창희 편의점 (낮)

창희는 밤샘으로 지친 듯, 커피 기계에서 커피를 내리는데, 이제 막
출근한 알바생(20대, 남)이 조끼를 입으며 창고에서 나오며

알바   가게 돌아가는 꼴을 보니까 한 달 채워봤자 돈 못 받겠더래요.
       그래서 5일 만에 그만뒀는데, 5일치는 줘야 되잖아요. 계속 내
       일 준다 내일 준다 말만… 여친이랑 내일 같이 갈라구요. 그런
       덴 직접 가야지, 백날 전화해 봤자예요. 얼마나 뻔뻔하면 일을
       시키고 돈을 안 줘.

창희   (테이블에 앉아서) '얼마나 뻔뻔하면'이 아니고, '얼마나 없으면'

149

일 수도 있다.

알바　사장이라고 지금 사장 편드시는 거예요?

창희　…나도 월급쟁이였던 적 있고, 돈 못 받으면 어떤 기분인지 모르지 않는데, 내가 이제 못 주는 사람들 욕은 못 한다. 사업할 때… 팔 하나 잘라서 직원들 월급 해결된다고 하면, 어디 가서 팔 하나 자르고 오고 싶은 심정이었다.

알바　…군고구마 기계 사업이 말이 돼요? 집집마다 에어프라이기 있는데.

창희　가정용 말고 업소용 임마. (한쪽을 가리키는) 저거. 저것보다 큰 거. (마시고) 막막해서 어디 가서 기도라도 하고 싶은데, 새벽에 열린 교회는 없고. 갈 데가… 편의점밖에 없더라. 그날도 암담해서 여기 이러고 앉아 있는데, 그때 동기 놈한테 톡이 왔어. 니네 동네 편의점 하나 나왔는데 해볼 생각 없냐고. 그게 여기였다… 내가 그런 놈이야. 내가 있을 자리, 귀신같이 미리 가 앉아 있는… (마시는데)

알바　내일은 그냥 미친 척하고 대기업 회장실에 가 있어요. 내가 앉을 자리 같다고. 느낌이 그렇다고. 경복궁 같은 데 가서 앉아 있지 말고요. 실현 가능성 1도 없는 경복궁엔 왜 자꾸 가 앉아 있어요. 이 씨도 아니면서… (계산대로)

창희　… (커피를 마시는)

31.   창희 편의점 앞 (낮)

창희   (E) 수고해.

편의점에서 나오는 창희. 피곤해 보이는데, 쓸쓸하게 어딘가를 간다.

32.   강북 일각 (낮)

공원 같은 곳에서 멀리 올려다보는 창희. 전날 그림으로 봤던, 인왕산
(바위산)을 올려다보고 있다. 뭔가 분위기가 달라진 창희. 선선하고
쓸쓸한 느낌. 그렇게 산을 보고 있는.

33.   성당 (낮)

#주차장. 태훈의 차에서 식구들이 내리고.
 유림은 입술이 도드라지게 화장을 시작했고, 차림새도 살짝 노는
 분위기.
#성당 앞. 희선은 기정을 찾아 둘러보다가, 성당 건물로 직행하는 태
 훈을 따라붙으며

희선   기정인?
태훈   일 있대. (들어가는 표정)

151

34.   성당 (낮)

미사 전. 유림, 희선, 경선, 태훈 순으로 앉아 있고.
희선과 태훈은 '매일미사'나 '성가책'을 보는데.

유림   알 것 같애. 어디서 삐졌는지.
희선   …나도.

그 말에 경선은 뚱한 표정인데, 삐지게 한 범인이 자기인 걸 아는 듯
뻔뻔한 얼굴.

소리   (E) 모두 자리에서 일어나십시오. 입당 성가 ***입니다.

전주가 나오기 시작하고, 모두 일어나고.

35.   빌라. 거실과 주방 (낮)

TV는 켜져 있고, 기정은 열받아 통화 중.

기정   애 졸업식이라고 생각해서 월차 내고 가려고 했더니, 뭐 하러
         오내. 사진도 못 찍을 거. 평생 남는 졸업 사진, 입학 사진 이런
         덴 애매한 사람은 안 끼는 거래나? 나중에 사진 보고 '이 여잔
         누구야?' 그러면 '어. 아빠랑 잠깐 사귀던 여자' 그럴 거고. 말

이니 그게? 사람 앞에다 대놓고!

36. 성당 (낮)

신부님 강론이 들리는 와중에 낮게 말하는 경선.
(식구들 모두 낮게 말하고, 독서대는 안 보이고, 네 명 모습 위주로)

경선   (태훈을 보며) 내가 틀린 말 했어?

태훈   (앞을 보고 있으나, 참는 게 보이고)

경선   적당히 하라 그래. 졸업식, 입학식 이런 건 식구끼리 하는 거야. 사귀는 사이에 그런 델 왜 껴?

희선   (좀 있다가, 정면 보며 차분히) 그냥 사귀는 사이 아니잖아. 결혼할 거잖아.

경선   결혼하면 그때 오라고. 어떻게 될 줄 알고… (좀 있다가 문득 생각난) 그렇다고 갑자기 핸드폰 보는 척하다가 '아, 나 약속 있는 걸 깜빡했네?' 빤히 보이는 거짓말하면서 홀랑 가버리냐? 삐진 티 팍팍 내가면서. 얘야?

희선   (말을 말자 싶은데)

경선   (또) 저번에도 그랬어. 내가 좀 큰소리 냈다고 갑자기 또 약속 깜빡했다고. 무슨 약속을 맨날 까먹어. 다른 핑계 대는 성의라도 보이던가. 그렇게 삐진 티를 내고 가요.

태훈   (경선을 보며) 그럼 들러붙어 싸워?

경선   !

153

서로 노려보는 두 사람. 눈빛으로 지지는 상황.

희선   (정면 보며) 신부님 보신다···

태훈과 경선은 천천히 서로에게서 시선을 떼고 앞을 보는. 꾹 참는 분위기.
"그리하야··· 주 앞에 예물을 드리려다 형제와 싸운 일이 생각나거든, 먼저 형제와 화해하고 오라···" 그런 신부님의 강론 내용. 그러나 태훈과 경선의 표정은 굳어 있고.

유림   그냥 결혼하시든가. 내 눈치 보지 말고. (입 다물고 우물우물 껌을 씹는)

태훈   ! (유림을 보다가, 낮지만 무서운 어투로) 껌 뱉어.

유림   ! (뚱하니 씹던 동작만 멈추는)

희선   (낮게) 아버지··· (이 갈등에서 구하소서)

37. 성당 근처. 거리 일각 (낮)

#유림은 뒷좌석에 앉아 분한 얼굴로 이어폰 끼고 창밖을 보는데, 눈물이 그렁그렁. 이어폰에선 요란스런 음악 소리가 새어 나오고. 밖에선 태훈의 고성이 멀게 들린다. 유림 옆에 앉아 있는 희선은 애간장 녹는 마음을 누르고 있고.

태훈   (E) 한두 번이야? 누나가 막말하는 게? 그래놓고 제대로 사과
       한 번 한 적 있어?

경선   (E) 내가 일부러 그래? 유림이 생각해서 그러지!

태훈   (E, 확) 유림이, 유림이 그만하라고! 유림이 데리고 나가서 단 둘
       이 살기 전에!!

경선   (E) 유림이 다 컸다 이거냐? 이제 우리 없어도 된다 이거야?

       잠시 조용. 저벅저벅 소리. 태훈이 훅 운전석에 올라타고.
       #경선은 열받아 차를 노려보다가 홱 반대 방향으로 걸어가고.
       #운전석에 앉아 숨을 고르는 태훈. 잠시 후…

태훈   미안해. 아빠가… 너무 화가 나서… (분위기를 바꿔보려) 점심 뭐
       먹을래?

       하는데 유림이 불쑥 차에서 내려버리고.
       화났다는 듯, 어깻죽지를 확 올려가며 차 문을 세게 쾅! 닫고 뚜벅
       뚜벅.
       태훈은 열받아 홱 돌아보는데, 희선이 얼른

희선   사춘기잖아. (참아.)

       태훈은 미치겠는데, 어떻게 방법이 없다.

155

38.   성당 근처. 거리 일각 (낮)

경선은 골나서 뚜벅뚜벅.

가면서 괘씸해 힐끗 뒤돌아보는데,

유림이 뚜벅뚜벅 오다가 경선을 보고는 홱 돌아서 반대 방향으로.

자기랑 한편이라고 오해할라…

경선은 '나쁜 기지배…' 다시 뚜벅뚜벅…

39.   빌라. 거실과 주방 + 집. 거실과 주방 (낮)

미정은 상을 치우며 제호의 전화를 받고 있고,

창희도 상을 치우며 미정 옆으로 왔다 갔다…

미정   오빠 지금 들어와서 같이 밥 먹었어요. (사이) 네.

제호   …구씨 왔었다.

미정   (멈칫)

제호   니 전화번호 줬는데. 전화 없었냐.

미정   …만났어요.

기정은 그 말에 힐끗 미정을 보고, 창희는 덤덤히 왔다 갔다…

제호   …그래. 잘했다. …셔라.

미정   네. 들어가세요. (전화를 끊고 가만)

기정   누굴 만나?

미정은 대답 없이 움직이고, 창희는 화장실로 들어가고.

40.   빌라. 창희 방 (낮)

수건으로 얼굴을 닦으며 들어오고. 햇볕이 드는 커튼을 닫고.
누워 자는데 뭔가 쓸쓸한 느낌.

41.   미정 회사2 (다음 날, 낮)

#로비. 출근하는 미정. 출입 카드를 찍고 들어가고.
#부서 입구. 부서로 진입하는 복도를 걸어가는 미정.
  안녕하세요, 안녕하세요, 서로 인사.
  [카드 발급실]이라는 글귀가 보이고.
  거기에 또 출입 카드를 찍고 들어간다. 보안이 철저해 보이는.
#탈의실. 검은색 니트 조끼류의 작업복으로 갈아입고.
#커다란 기계에서 신용카드들이 착착착 만들어져 나오고…
  다른 기계에선 우편물 동봉까지 돼서 착착착 쌓이고…
  서류(오늘 발급 물량)를 보며 그런 기계 앞을 지나가는 미정.
  만들어진 카드와 우편물을 옮기는 사람들과 목례.
#그런 카드 발급실이 한눈에 보이는 높은 곳에서, 정장을 입은 직원

157

이 신입 직원 세 명을 데리고 이동하면서 설명.

직원   카드에 고객 정보가 입력돼서 밖으로 나가면 백지수표 같은 거

니까, 카드사 내에서도 여기 발급실이 보안 등급이 쎈 편이에요.

한 장이라도 오류가 나면 승인받고 폐기해야 되고요. 1년에 한,

천만 장 정도 만들어서 나간다고 보시면 돼요.

모두   (헤엑)

직원   카드 하나만 갖고 있는 사람 없잖아요. 분실하면 다시 만들어야

되고. 카드 종류는 한 천 가지 정도?

모두   (헤엑!)

직원   한번 출시된 카드는 화폐 같아서 웬만하면 없애지 못해요. 오래

된 기관에서 계속 쓰는 카드도 있고. (한 곳을 가리키며) VIP 카

드 같은 경우엔 직접 손으로 작업해요.

그들이 보는 VIP 작업대에 있는 미정.

#VIP 카드 작업대에서, 고객 정보와 카드를 일일이 대조해 보며 동봉

하는 미정.

남자 직원이 지나가며

남직원   VIP도 오늘 물량 많네요.

미정   (싱긋) 월요일이잖아요.

42.   여의도. 거리 일각 (밤)

미정이 서 있는데, 한쪽에서 보람이 반갑게 손을 흔들며 종종종 오고.
미정이 다가가고. 둘이 걸어가며

보람   (살짝) 언니 여의도 사람 같애요.
미정   (피식)
보람   언닌 어디 서 있어도 그 동네 사람 같더라. 강남에 서 있으면 강
        남 사람 같고.
미정   산포 우리 동네 서 있으면 산포 사람 같애.
보람   (웃다가 문득) 언니네 동네 이제 강북이잖아요.
미정   거긴 아직 우리 동네라는 말이 안 나와.

웃으며 가는 두 사람.

43.   술집2 (밤)

미정은 고기를 구워 보람 앞에 놔주고, 보람은 열심히 먹으며

보람   일 양에 비하면 연봉은 쎄지 않지만, 그래도 조이카드 다닐 때
        보단 나요. 정규직 비정규직 나눠서 차별하는 것도 없고. 대기업
        고집하지 말고 진작에 거기 갔으면 지금 대린데. 괜히 조이카드
        에서 시간만 버린 것 같아요. (문득) 한수진 나갔던데요?

미정	!
보람	이번에 직무표 보니까 한수진 없어졌어요.
미정	그런 걸 뭐 하러 봐.
보람	전 이것들이 어디로 가서 어떻게 풀리나 다 뒤져봐요. 더 이상 연결이 안 될 때의 짜릿함. 아, 얘 사라졌다… 우리가 이겼어요, 언니.
미정	난 이제 디자인도 아닌데 뭐.
보람	거기 계속 있을 거 아니잖아요.
미정	계속 있을 거야.
보람	미쳤어요? 언니 실력이 아깝지 않아요?
미정	너만 아는 실력이야.
보람	(헐) 솔직히 말해봐요. 언니 알아요 몰라요, 언니 실력?
미정	…옛날엔 밤을 새워 디자인해 가도 빠꾸 맞으면 밤새 내가 뭘 한 건가, 난 잘했다고 생각하는데 아니라고 하면, 그냥 못한 게 되고, 안 한 게 되고. 여긴 그런 게 없어. 진짜 일을 한다는 느낌이 있어. 난 크리에이티브한 일보단 이런 정확성을 기하는 일이 맞는 것 같애.
보람	안 쓸 거면 그 실력 나 줘요. 정말.
미정	가져가. (웃으며 건배 제의)

44. 술집3 (밤)

기정은 원희와 혜련에게 하소연

기정   옛날엔 애가 말도 없고 그래서 안쓰럽고 그랬는데, (황당한) 어
      떻게 그렇게 한순간에 깡패가 되니? 우리 어느 날 아침 갑자기
      노안 오는 것처럼, 어느 날 갑자기 깡패가 돼 있어. 걔가 뭐라 그
      러면 나도 쫄아서 어버버해. (쓸쓸) 애한테 구박받는 기분… 진
      짜 드럽드라… 그런 애랑 같이 살 자신도 없고, 그렇다고 고모
      들 손에 맡기고 태훈 씨랑 단 둘이 살긴 양심상 걸리고. 걔 스무
      살 되면 결혼하자고 했는데, 스무 살 되면… (한숨 나오고) 나
      50인데! 옘비. (마시고)

원희   야. 우리 40 금방 오지 않았니? 50도 금방 오지 않을까?

기정   안돼애! 50은 진짜 그렇게 빨리 오면 안돼애!

원희   태훈 씨랑 50에 결혼한대매?

기정   …그러니까. 빨리 오면 안 되는데. 빨리 와야 돼. (한숨) 50…
      50에도 무슨 감정이라는 게 있을까. 그 나이 되면 그냥 동물 아
      닐까 싶다. 살아 있으니까 사는, 여물 먹듯이 우물우물 먹고 그
      러는.

옆 테이블에 앉은 여자가 오징어를 질겅질겅 씹으며 같잖다는 듯이
보고 있는데, 딱 봐도 50대. 포스 있는 세 명의 50대. 기정의 테이블
은 뒤늦게 그 무리를 보고. 3 대 3으로 서로를 보는 표정. 원희는 그
테이블에 실례라고 살짝 목례를 하고. 셋은 시선을 내리고 술을 마시
는데, 50대 여자가 오징어를 뜯으며,

여자   살아 있으니까 산다 싶은, 여물 먹는 동물인, 50인 여자가 말해
      줄게. 님 말이 무슨 뜻인지 모르지 않는데, 서른이면 멋질 줄 알

앉는데 꽝이었고, 마흔은 어떻게 사나, 50은 살아 뭐하나… 그
랬는데, 50. 똑같다. 나, 열세 살에 잠깐 낮잠 자다가 눈 뜬 것 같
애. 80도 나랑 똑같을걸.

기정, 원희, 혜련은 죄인인 양 조용…
기정은 죄송하다는 듯 살짝 머리를 조아리고…

45. 창희 편의점 (밤)

창희는 계산대에서 책에 있는 '인왕제색도' 사진을 보고 있고,
알바생은 생수를 냉장고에 넣고…

창희   학교 다닐 때 미술책에서 수묵화 보면, 여긴 중국인가… 북한인
       가… 난 이런 산을 본 적이 없는데. 조선 시대 풍경화가 죄다 바
       위산이야. 여기 이사 와서 알았잖아. 아, 여기였구나. 그때 정선
       은 뒷동산을 그린 거였구나… 경기도 산은 새파래서 잡목만 우
       거졌는데… 희한하게 이런 돌산은 강북에만 있어. 한강 아래로
       는 없어. (그렇게 책을 보다가 문득) 얼마 전에 경복궁 주변 걷다
       가 깜짝 놀란 게, 10분이면 걸어서 네 개 동을 지나가. 무슨 동
       을 이렇게 잘게 잘게 쪼개놨나… 보니까 동이 면적으로 나뉘는
       게 아니고, 인구수로 나누는 건데, 조선 시대에 거기 인구 밀집
       도가 엄청났다는 거지. 너 팔판동 들어봤냐? 경복궁 뒤에 있는
       동넨데, 고기에만 조선 시대에 판서가 여덟 명 살았대. 그래서

팔판동.

알바 시험 봐요?

창희 … (머쓱)

알바 뭘 그렇게 열심히 공부해요?

창희 …난 이제 서울 사람 입문했잖냐.

알바 서울 사람들은 그런 거 하나도 몰라요.

창희 …

알바 그리고 3대가 서울 살았어야 서울 사람이라고 한대요.

창희 누가 그래?

알바 서울 연구하는 어느 박사님이요.

창희 서울 살면 서울 사람인 거지, 무슨 3대까지. ··넌 서울 사람이
냐?

알바 ··네. 할아버지 때부터 이 동네 살았으니까.

창희 ··좋겠다. (뚱하니 책을 보는) 그럼 내 손자부터 서울 사람이라는
거네?

알바 결혼 안 한대요?

창희 …

알바 그 누나랑 완전히 끝났대매요?

창희 … (책만 보는)

알바 (일하며 혼잣말처럼) 이뻤는데…

창희 … (책만 보는)

46. 술집3 근처. 도심 일각 (밤)

기정과 혜련이 같이 서서, 원희에게 "조심해서 가. 잘 가" 인사.
원희는 그렇게 가고, 나란히 걸어가는 기정과 혜련.

기정 선우 씨 안 보고 싶니?

혜련 어쩌다 가끔.

기정 7년을 같이 살던 사람이 없어지면, 난 되게 허전할 것 같은데.

혜련 허전한데. 편해진 것도 많아. 일단. 시댁이 없어졌고. (웃는)

기정 좋다. 조경선이 없어진 거네?

혜련 혼자되고 나니까, 예전에 결혼 안 하고 혼자 사는 친구들 안쓰
      럽게 봤던 게, 미안해지더라. 내가 건방졌구나, 혼자 살아도 별
      문제 없고, 충분히 행복한데.

기정 …

혜련 내가 먹고 싶은 음식, 내가 먹고 싶은 시간에 먹고, 자고 싶은 시
      간에 자고… 먹는 거, 자는 거, 이 단순한 걸 내 마음대로 하고
      산다는 게 이렇게 행복한 거였구나… 일주일 동안 청소 안 해도
      내가 손댄 그대로고.

기정 너 옛날에, 결혼해서 좋은 점이 새벽 두 시에도 떡볶이 먹으러
      같이 갈 사람 있는 거라고 했어. 내가 그 말 듣고, 아, 그렇겠다,
      좋겠다… 얼마나 부러워했는데.

혜련 내가 새벽 두 시에 떡볶이 먹고 싶은 날이 맨날이겠니?

기정 …

혜련 혼자되고 나니까 알겠더라. 내가 그동안 얼마나 힘들게 쳇바퀴

돌듯이 살았는지. 때 되면 시댁에 가야 되고, 같이 밥 먹어야 되고… 같이 밥 먹어야 되는 사람은 왜 그렇게 많은지. / 어떻게 보면 인간의 일생이란 게, 결혼 생활이든 직장 생활이든, 누구랑 합을 맞추려고 애쓰는 건데, 남편 가고 나니까 다 놔지더라. '됐다. 누구랑 합 맞추려고 애쓸 필요 없다. 혼자 살아도 된다.'

기정   …난 아직, 합해보지도 못했다.

담담히 걸어가는 두 사람.

47.   편의점 (밤)

기정은 매대 쪽에서 임신 테스트기를 들고 서서 가만.
앞뒤 돌려가며 문구를 찬찬히 읽으며 서 있는데,
그때 기정 뒤로 세 명의 여자애들이 소란스럽게 지나가다가 한 명이 멈춰 선다.
유림이. 기정의 손에 들린 임신 테스트기가 눈에 들어오고.
기정은 뒤늦게 유림을 보고 반색.

기정   학원 이제 끝났어? (그러다가 뒤늦게 손에 들린 걸 인지. 우왕좌왕 하다가 코트 주머니에 넣고. 손도 찔러 넣은 상황에서) 아냐… 이거 사고 나면 꼭 (생리) 한다. 맨날 돈만 버려.

유림   …

기정   아냐. 백 퍼 아냐. (그러니까 안심해)

유림은 외면하듯 홱 문 쪽으로,
계산을 끝내고 애들이 나가며

친구　누구야?
유림　(계산대를 향해) 저 아줌마 주머니에 임신 테스트기 넣었어요.
기정　!

　　　계산대에 있는 중년 여성이 기정을 보고. 오가는 두 사람의 시선.
　　　기정은 총을 꺼내 들어 백기 투항하듯이,
　　　주머니에서 천천히 임테기 든 손을 꺼내 들어 보이며…

기정　계산할라고…

48.　편의점 앞 (밤)

　　　친구 둘은 하하호호거리며 가는데, 유림은 분노와 절망이 이는 표정.

49.　거리 일각 (다음 날, 낮)

　　　자전거를 타고 가는 창희.
　　　정독도서관 앞이나 길가에 있는 도서관 책 수거함에 책을 넣고.
　　　다시 자전거를 타고 간다. 고궁이며 주변 풍경이 보이는.

50. 창희 편의점 (낮)

창희가 자전거를 타고 오는데, 민규가 편의점 앞에 있고. 서로를 봤고.

창희　(자전거를 세우고) 팀장님께서 웬일이야?

민규　근처 밥 먹으러 왔다가. 무슨 신상품 발주를 그렇게 막 내냐? 김
　　　대리 너무 밀어주는 거 아냐?

창희　나는 팀장 못 달았어도, 내 지점 관리자는 내가 팀장 만든다. (편
　　　의점으로)

51. 창희 편의점 (낮)

테이블 쪽에 커피를 놓고 앉아 있는 창희와 민규. 차분하게 말하는 두
사람.
계산대엔 여자 알바생이 있고.

민규　용하다. 그 대출을 다 갚고.

창희　(쓸쓸하게 웃고)

민규　난 그냥 자빠졌을 것 같은데. 어떻게 버텼냐?

창희　죽기 아니면 까무러치기지 뭐.

민규　(마시고)

창희　…아는 형이 있었는데, 그 형이 맨날 산을 봤어. 지구상에 나 같
　　　은 인간이 77억 명이 있다는데, 77억이 어느 정돈지 모르겠어

서, 인간 하나를 1원짜리 동전 하나로 치환해 놓고 계산해 봤는데, 77억이면 1원짜리가 저 산만큼 쌓여 있는 거래(산이 보이면 좋겠지만 없어도 무방). 참… 아무것도 아닌 1원짜리가… 참 요란하게 산다 싶드라. (씁쓸하게 커피를 마시는)

52. 태훈 회사. 사무실 + 희선이네. 주방 (낮)

당황스러워 굳은 얼굴로 전화를 받고 있는 태훈.

태훈   …누가 그래?

희선   (조심스런) 유림이가 봤대.

태훈   …!

희선   임신했다고 하면 여러 소리 말고 바로 결혼하자고 해.

태훈   … (암담해 멍한)

희선   난 왠지… 이게 맞는 것 같다. 괜히 더 끌어봤자 서로 힘들기만 하고. 유림이도 애 꼬물꼬물거리는 거 보면 이뻐할 거야.

태훈   …알았어. (사이) 알았어. 끊어.

전화를 끊고 무거운 마음. 이거 어떻게 해야 되는 거지?
멍하다가 핸드폰을 여는데, 뭐라고 해야 될지 막막하고.
고민하다가 톡을 치는.
[오늘 저녁 같이할까요?] 잠시 후, 숫자가 사라지고.
[좋아요!!!!]

일단 기분이 좋은 것 같은데… [뭐 먹고 싶은 거 없어요?]

톡을 보내놓고 기다리는 태훈의 표정.

잠시 후, [다다다다다다다 다 먹고 싶어요!!!!]

그걸 보는 태훈의 표정.

53.   미정 회사2. 카드 발급실 (낮)

작업대에서 일하다가 말고 핸드폰을 보는 미정. 구씨와의 대화 창.

[난로 배달 왔을 텐데. / 문 앞에 있을 거예요.]라는 톡은 읽었으나 답 없고.

거기에 톡을 치는 미정의 얼굴 위로

미정   (E) 읽씹하는 버릇은 여전하시네.

핸드폰을 접고 다시 집중해서 일을 한다. 구씨의 행동에 별로 개의치

않는 표정.

54.   구씨 오피스텔 (낮)

눈앞에 있는 테이블 위에 깜빡이는 핸드폰 불빛을 보고 있는 구씨.

미정의 톡이 들어왔으나 확인하지 않는 듯. 테이블엔 양주병도 있고.

벌써 좀 마신 듯. 담요를 뒤집어쓰고 미세하게 달달달 떠는데, 불쾌해

보이는 얼굴. 뭔가 화가 난 것 같기도.

169

뚫을 것 같은 창창한 눈빛으로 가만히 있다가 심호흡을 하며 긴장을
풀고. 그리고 가만히 있다가 갑자기 혹 일어나 화장실로.
쏴아… 물소리가 들리고.

55.   구씨 오피스텔. 현관 앞 복도 (낮)

현관문 옆에 난로 박스가 있는데, 문이 벌컥 열리고. 박스에는 눈길도
주지 않고 뚜벅뚜벅 가는 구씨. 관심도 없지만, 구씨의 진행 방향과
반대쪽에 있어 구씨가 못 볼 수 있는 위치.

56.   신 회장 사무실 (낮)

마주 앉아 있는 신 회장과 구씨.

신 회장 이 바닥에 있는 놈들 같지 않게, 도박도 안 하고, 기집질도 안 하
       고, 딴짓 안 하고 혼자 조용히 술만 마시는 거 맘에 들어서 여기
       까지 같이 왔더니… 이제 그 술이 문제야.
구씨   …
신 회장 얼마 전엔 별것도 아닌 걸로 MD 하나 대갈통 깼대매? 정교함
       도 떨어지고 말야.
구씨   …
신 회장 진짜 고쳐볼 생각 없는 거야? 알콜중독 아니라고 우기지 말고.

구씨   (그러거나 말거나)

신 회장   의지로 안 되면, 약으로 해보고, 이것저것 해봐야지, 이대로 망

           가질 건가? 백 사장 동생한테는 그렇게 병원 다녀라 상담 받아

           라 그랬다면서.

구씨   !

신 회장   3분의 2 지점인가 뭔가 얘기해 가면서. 뭐… 아무것도 아닌 게

           되는… 지점인가 뭔가…

구씨   !

신 회장   다 빈말이었나?

         이 인간 백 사장한테 들은 얘기가 있는 거다!

         질쏘냐 싶어, 얼른 여유롭게 응대하는 구씨.

구씨   다녀요, 병원.

신 회장   안 온다던데?

구씨   딴 데로 옮겼어요. 김 박사는 재미가 없어서.

신 회장   (안 믿는) 상담이 재밌기도 하나?

구씨   지겨운 인간하고는 10분도 얘기 못 해요.

신 회장   … (여전히 의심스러운) 옮긴 덴 재밌나?

구씨   …

신 회장   …무슨 얘기 했는데?

구씨   … (가만히 있다가) 제가 항상 경계 태세래요. (검지를 들어 보이

           고) 1이라서.

신 회장   ?

구씨 어디서 술병이 날아오나, 칼이 날아오나, 누가 돈을 얼마나 갔았
나, 살피고 경계하고 잡고 패고… 파트너가 있어서 짝을 이뤄서
같이하는 일도 아니고 평생 혼자. 1. (살짝 잠잠했다가) 하루에
5분만 즐겁자는 마인드로, 4초, 7초짜리 설레는 순간을 끌어
모아서 하루에 5분만 채워보라는데… 오늘은 아직 1초도 시작
못 했는데… (문득) 말하다 보니 지금 살짝… 3초 설렜습니다…

신 회장 (상담받는 게 사실인 듯 싶은)

구씨 (설렘이 이어지고 있는 듯) 6초… (계속 이어지는 듯) 오늘은 좀 기
네요…

57. 미정 회사2 앞 (밤)

미정이 퇴근하고 나오는데, 구씨가 한쪽에서 기다리고 있고.
미정은 구씨를 힐끗 보고 앞장서 가며

미정 열두 번. 당신 별명 이제 열두 번이야. 하루에도 열두 번 이랬다
저랬다…

구씨 쉽게 보지 마. 백만 번이야.

구씨는 빠른 걸음으로 뚜벅뚜벅 앞장서 가고. 잘못했어도 밀리지 않는.
미정은 '이건 무슨 배짱?' 하는 표정이나 빠른 걸음으로 쫓아가고.

58.   도심 일각 (밤)

포장마차에서 어묵을 먹는 두 사람. 좀 먹다가…

구씨   알바 안 할래?

미정   무슨 알바?

구씨   …

미정   청소?

구씨   아니.

미정   그럼?

구씨   (계속 먹기만. 제안을 망설이는 듯. 그러다가) 내 얘기 들어주는 거.

미정   (무슨 소리야?)

구씨   내가 호빠 선수로 들어갔다가 딱 2주 만에 이건 못 해먹겠다 싶
        어서 때려쳤던 게, 인간들이 죄다 하소연이야. 남편이 바람을 피
        는데 어쩌구저쩌구… 어디 가서 코피 터지게 뚜드려 맞으면 맞
        았지, 이건 못 해먹겠다 싶더라. 사람들 얘기는 돈 받고 들어줘
        야 돼.

미정   …

구씨   10회만 끊자.

미정   ?

구씨   상담의 기본은 10회야. 10회 끝나고, 그래도 여전히 할 말이 있
        다 싶으면 또 10회.

미정   (먹기만)

구씨   너 내 얘기 재밌어하잖아.

173

미정   막 우겨 이제.

계속 먹는 두 사람.

59. 달리는 태훈의 차 (밤)

기정은 무릎에 귤 봉지를 놓고 열심히 귤을 까 입에 넣으며 신나서
재잘재잘. 이미 한참 먹은 듯 봉지엔 귤껍질이 수북하고. 태훈은 운전
하며 귤을 까는 기정의 손을 보고, 입으로 들어가는 손을 보고… 너
무 먹는다 싶어 불안한.

기정   걔가 7년 만에 사별했거든요. 근데 결혼 생활할 땐, 뇌의 반은
        항상 음식 준비로 돌고 있었대요. '냉장고에 뭐가 있지? 아. 야
        채 썩기 전에 해치워야 된다. 아. 생선!' 나 그 말이 무슨 말인지
        너무 알잖아요. 엄마 돌아가시고 나서 맨날 '아빠 밥. 아빠 밥…'
        야근하고 지쳐서 졸면서 가다가도 '(눈 번쩍) 맞다! 밀가루 안
        샀다!' <u>ㅎㅎㅎ.</u>

기정은 깐 귤을 덩어리로 입 안에 넣고 우물거리며 또 까고,
태훈은 조용히 질겁하는 표정.

태훈   천천히 먹어요. 체해요. 밥도 많이 먹었는데…
기정   전 이상하게 과일은 입 안에 가득 차야 맛있어요. 주스 마시는

것처럼 과즙이 가득 차야…

기정은 입에 귤을 한가득 넣고 장난스레 태훈을 보고,
태훈은 마지못해 웃어 보이고.

기정   또… 그날은 더 먹는 것 같애요.
태훈   !
기정   시작하면 막 땡겨요. 다 맛있어요. 생리 전엔 다 짜증 나고 다 들러 엎고 싶은데, 시작하면 바로 화악 날아가요. '(해맑은) 내가 언제 우울했지?'
태훈   (확 놓여나는 기분) 아, 하는구나. 다행이에요. 난 또…
기정   (?, 뒤늦게 감 오고) 임신인 줄 알았구나? (펄쩍) 아녜요!
태훈   (십년감수) 정말 다행이에요.
기정   에잇. (눈을 흘기고)

기정은 귤을 까는데, 얼굴의 미소도 잦아들고, 귤을 까는 속도, 먹는 속도도 느려진다. 안심하며 느긋한 자세로 있던 태훈도 기정을 보며 서서히 어떤 느낌이 오고.

태훈   …미안해요. 잘못했어요.
기정   … (미소로 보며) 아녜요. (그러나 어색하고, 웃음이 애매해지고)
태훈   … (진심) 정말 미안해요.

기정은 잔잔한 미소로 태훈을 보다가 시선을 내리게 되고.

175

그런 두 사람의 모습에서.

60.   구씨 오피스텔 (밤)

열선이 붉게 타들어 가는 전기난로 앞에,
바닥에 이불을 깔고, 담요를 두르고 앉아 있는 미정과 구씨.
구씨한테는 술이 있고, 미정은 크래커와 치즈를 겹쳐 안주를 만들고

구씨   너 다시 만나고, 후회했어. '미친놈. 뭐 하러 또 만나서. 옛날에
      산포에서 그렇게 끝났으면 아주아주 형편없는 놈은 아닌데. 무
      슨 꼴을 보여줄라고…' (미정을 보다가 갑자기 크게) 염미정!!

미정   (화들짝) 깜짝이야.

구씨   이것만은 알아둬라. 나 너 진짜 좋아했다.

미정   !

구씨   내가 나중에 어떻게 망가져 있을지 모르겠는데, 아무리 봐도 서
      울역에 있을 건데, 그 전에 확 끝날 수 있으면 땡큔데, (어쨌든)
      나 너 진짜 좋아했다.

미정   … (꾸벅) 감사합니다. (좋아 죽겠는 표정)

구씨   …난 사람이 너무 싫어. 눈앞에 왔다 갔다 움직이는 것도 싫어.
      내가 갑자기 욱해서 너한테 어떤 눈빛을 보일지, 어떤 행동을
      할지, 어떤 말을 할지, 나도 몰라. 겁나. 근데! 이것만은 꼭 기억
      해 줘라. 나중에 내가 완전 개개개개개개새끼가 돼도. 나 너 진
      짜 좋아했다.

미정   녹음하고 싶다…

구씨   (미정의 핸드폰을 탁 앞에 놔주며) 녹음해!

미정이 핸드폰 녹음 버튼을 켜기도 전에,

구씨는 핸드폰에 대고 고개 숙여,

구씨   염미정!! 나 너 진짜 좋아했다.

그러다가 "염미정!" 하면서 덮치듯이 끌어안고 쓰러지고.

전기난로 근처 바닥에, 이불과 담요를 꽁꽁 두르고 누워 있는 두
    사람. 구씨가 뒤에서 미정을 안고 있고, 둘 다 눈을 감고 있는.

구씨   (졸린 듯 차분한 목소리) 10회 끝나고 여전히 할 얘기가 있으면
    또 10회 끊고… 그렇게 연장하다가… 더 이상 할 얘기가 없으
    면 끝나는 걸로… 우리… 그렇게 저무리자…

미정   …좋아.

끝을 얘기하는데도 미정은 여전히 편안한 얼굴.

구씨는 미정에게 파고들고. 그렇게 있다가…

구씨   창희는 어떻게 지내냐…

그 말에 조용히 눈을 뜨는 미정. 내상을 입어 예전 같지 않은 오빠.

그리고 다시 눈을 감고…

177

61.   빌라. 거실과 주방 + 공장 (다음 날, 낮)

통화 중인 창희

창희   어제 대출 다 갚았어요.

제호   … (안쓰런) 애썼다.

창희   …다음 주 주말에 내려갈게요.

제호   바쁜데 뭐 하러. 됐어. 오지 마. (사이) 밥 잘 챙겨 먹고. (사이) 들
어가.

제호는 전화를 끊고 울컥하는 마음을 누르듯 천천히 한쪽 장갑을 다
시 끼고 서랍을 만지고.

62.   빌라. 거실과 주방 (낮)

창희는 점퍼를 입으며 현관으로 가며

창희   갔다 올게.

창희가 나가는데, 열린 방문으로 보면 기정은 방에 멍하니 앉아 있고.
그렇게 앉아 있다가 주방으로 나와서는 서랍을 열고 뭔가 찾는.
가위를 찾아 들고 화장실로.

63.   빌라. 화장실 (낮)

기정은 거울 앞에서 고개를 좌우로 돌려보고, 머리칼을 한 움큼 잡아
들어 올려본다. 잘랐을 때를 그려보는 듯.
컷 튀면, 움켜쥔 머리칼을 싸악둑… 잘라내고. 또 싸악둑… 잘라내고.
거울을 본다. '뭐. 괜찮네.' 또 싸악둑… 그렇게 자르는.
컷 튀면, 숏컷 길이의 머리에 물을 묻혀서 만져본다. 시원하다. 뭔가
홀가분하다. 비장미도 없이 그냥 홀가분한. 시원하게 미소 짓는 기정
의 모습에서.

64.   거리 일각 (낮)

창희는 자전거를 타고 달리고.
점점 속도가 나고. 빠르게 달리는데 무표정한 창희의 얼굴에서.

65.   빌라. 거실과 주방 (낮) - 회상

창희는 감정이 격해져 서서 현아에게 퍼붓고.
현아는 식탁에 앉아 외면하는 분위기.

창희   너 내가 망가지기 바라냐? 어떤 미친놈 개수발들면서 살아 있다
고 느껴야 되고, 필요한 인간이라고 느껴야 되는데, 내가 멀쩡하

179

니까 아주 지겨워 죽을 맛이지?

현아   (허리 숙여 꽥) 아냐!!

창희   뭐가 아냐? 혁수 형처럼 죽을병에라도 걸려야 불같이 달려들어
        서 불사르는데, 내가 너무 팔팔하게 빡시게 일만 하니까 지루해
        죽는 거잖아! 성실하니까! 평범하니까!

        현아는 으악 소리 지르며 식탁 위의 모든 걸 쓸어 밀어버리고.
        다 맞는 말이라 화가 나 미치겠는.

창희   …나 편의점 하면서 이제 좀 살 만하거든. 너 재밌으라고 다시
        그 지옥 속으로 안 들어가. 사람들한테 멸시 받으면서… 똥 덩
        어리 된 기분 견뎌가면서… 그 개고생 안 해. 죽을병 같은 것도
        안 걸릴 거고! 평생! …이렇게 평범하게 살 거야. 그러니까, 그
        냥 가. (돌아서는)

        #현재. 자전거를 타고 달리는 창희.

66. 빌라. 창희 방 (다른 날, 낮) - 회상

        창희는 현아의 앞에 무릎을 꿇고 앉아서 차분하게 진심으로

창희   살다가 힘들다 싶으면… 그때 와. 그때도 내가 혼자면… 받아줄
        게. 쉬었다가… 또 떠나야겠다 싶으면 또 가. 괜찮아. 우리 이제

정말… 서로 축복하고 헤어지자.

현아   (눈물을 줄줄 흘리며 노려보는) 웬 축복? 너 교회 다니니?

창희   어. 성당 다녀. 다니기로 했어. 다녀야 될 것 같아서. 현아야. 지
현아. 괜찮아. 나 너한테 앙금 없어. 니가 어떤 앤지 모르지 않았
고, 내가 원하는 대로 안 끌려왔다고 화나는 거 없으니까, 너도
나 못 쫓아왔다고 미안해할 것 없어. 진짜, 진짜, 앙금 없어. 진
짜, 진짜, 니가 행복하길 바래. 우리 서로, 미워하는 마음 하나도
없이. 서로 축복해 주고. 끝내자.

창희는 현아의 머리에 손을 얹는데, 현아는 그 손을 치워버리고.
창희는 암담하게 앉아 있는데, 가만히 있던 현아가 불쑥 일어나 나
가고. 나가며 현관문이 쾅! 닫히는.

67.   거리 일각. 인왕산이 잘 보이는 곳 (낮)

여전히 자전거를 타고 달리는 창희.
선선한 얼굴로 빠르게 달리고.
그렇게 달리다가 갑자기 멈춰서, 내팽개치듯이 자전거에서 내려서는
데, 울컥.
서럽게 눈물이 확 쏟아진다. 아, 이 주책. 이거 뭐지?
참으려고 하는데, 안 되고. 치밀고 올라오는 울음.
그냥 주저앉아 펑펑… 꺼이꺼이 운다. 자신을 완전히 놓고.
웅장한 산 앞에 마주 앉아 완전히 무너져 우는.

그렇게 한참을 울고. 산을 보는 모습에

창희   (E) 형. 난. 1원짜리가 아니고. 그냥. 저 산이었던 것 같애. 저 산
으로 돌아갈 것 같애.

울음이 잦아들고, 어떤 의지나 생각도 다 빠져나가 백지가 된 듯 멍한
얼굴로 산을 보는 창희. 그렇게 앉아 있는 창희의 모습에서.

16

"아침마다 찾아오는 사람한테 그렇게 웃어. 그렇게 한대해."

1. 빌라 외경 (낮)

2. 빌라. 거실과 주방 (낮)

기정은 식탁에 앉아서 아침을 먹고 있고, 창희는 주방에서 그릇에 시리얼을 담고 우유를 붓고. 미정은 화장실에서 씻고 나와 방으로 들어가면, 창희가 기정 앞에 앉아서 먹기 시작. 못마땅한 듯 기정을 힐끗. 그러다가 결국

창희   머리 갖고 지랄 좀 그만해라. 태훈이 형이 먼저 머리 밀고 절로 들어가기 전에.

기정   … (그 말에 살짝 철렁. 그 사람은 왠지 그럴 것 같은)

창희   나 같아도 씨이. 지랄맞은 누이에, 말 안 듣는 딸에, 진상 여친에… 어우…

기정   … (욱) 내가 맘대로 할 수 있는 게 머리카락밖에 더 있어?

창희는 말을 말자 싶고. 기정은 부은 얼굴로 마저 먹는.

3. 도심 일각 (낮)

점심시간을 맞아 쏟아져 나오는 직장인들.
기정은 밀밀한 얼굴로 김 이사, 소영, 여직원1과 같이 걸어가고.

185

소영   은근 강심장이셔. 어떻게 집에서 머릴 잘라요.

기정   (머리를 만지며) 미용실 가서 다듬었지.

소영   그래도 망치면 어떡하려고 집에서. 그것도 부엌 가위로.

기정   …그냥. 잘라보고 싶었어. 내 손으로.

김 이사   … (의도가 있음을 알고) 시원해?

기정   …

그때 기정의 핸드폰이 울려서 보면, 태훈의 톡.

제품의 링크가 걸려 있고, [아버님 생신 선물로 이거 보내드릴까 하는데

요.]

덤덤한 얼굴로 거기에 뭐라고 쓰는 기정.

4.   식당1 (낮)

남자 동료 세 명과 밥을 먹고 있는 태훈. 기정에게 들어오는 톡을

보는.

[노노노노노!! / 안 해도 돼요 / 정말 / 추석에 설에 무슨 생일까지! / 아빠 생일

은 패스 / 제발… 플리즈…] [알았어요ㅎㅎㅎ] [휴… / 땡큐요ㅎㅎㅎ] [집에

잘 다녀오시고요. / 맛점 하시고요ㅎㅎㅎ] [태훈 씨도 맛점이요^^]

이어서 기정의 흥이 넘치는 이모티콘이 들어오고.

그걸 보자 태훈도 가뿐하게 접어지고. 먹는 데 집중하는데, 계속 밀려

들어 오는 사람들.

5.   식당1 앞 (낮)

흥이 넘치던 이모티콘과는 다르게 덤덤한 얼굴로 핸드폰을 접는 기
정. 앞선 무리를 따라 식당으로 들어가고.

6.   식당1 (낮)

태훈의 동료들은 음식을 먹으며 낮게 "좀 짜지 않아요?" "살짝?"
태훈은 긍정은 하지만 까탈 부리지 않고 그냥 먹고.
그런 와중에 손님들이 들어와 자리를 잡는 소리가 들리는데,

기정   (E) 전 ***(메뉴)이요.

태훈은 어? 기정의 목소리에 돌아보는데, 없다.
기정의 무리가 태훈 뒤로 한 테이블 건너뛰고 앉는데, 기정이 태훈을
등지고 앉은 데다가 머리가 짧아 못 알아보는. 태훈은 다시 돌아앉아
밥을 먹는데

기정   (E) 머리가 짧으니까 옷이 다 안 어울려요.
태훈   (맞다! 다시 휘릭 돌아보는)
김 이사 (태훈을 보고. 어머!) 안녕하세요.
태훈   (고개 숙여 인사)
기정   (김 이사 말에 돌아보는. 어머!) 태훈 씨!

기정은 순간 반가워하는데, 태훈은 기정의 짧은 머리에 살짝 당황. 태훈의 테이블 남자들도 기정에게 인사하는데, 머리가 바뀌어 긴가민가… 기정도 남자들에게 인사하고. "안녕하세요."

태훈   머리…
기정   아, 잘랐어요.
태훈   아…

서로 애매해지는 두 사람. 김 이사도 그런 둘의 분위기를 느끼고.

기정   (괜히 오버해서 상냥) 오늘은 같은 식당에서 맛점이네요.
태훈   네…

그때 비어 있던 두 사람 사이의 테이블에도 손님들이 들어오자

기정   (상냥) 얼른 드세요. 식어요.
태훈   네에. (김 이사 쪽에 인사) 맛있게 드세요.

각자의 테이블로 돌아앉는데, 말없이 먹다가…

남자   (힐끗거리며 낮게) 스타일이 확 변하셨네요…
태훈   …
김 이사 (낮게) 머리 자른 거 말 안 했어?
기정   …

7. 카드 발급실. 탈의실 (밤)

가볍고 왁자하게 떠들며 옷을 갈아입는 여직원들. 누군가가 검은 카디건을 위로 올려 '가오나시'를 흉내 내고. 그 틈에서 같이 웃으며 옷을 갈아입는 미정. 다 갈아입고 습관적으로 핸드폰을 확인하고.

8. 여의도. 도심 일각 (밤)

미정은 남자 동료 두 명과 퇴근하면서 밝은 얼굴로 두런두런…

남자1   강남 지나갈 때마다 전쟁이야. (미정에게) 위로 올라가는 데는 그런 데 없죠?
미정   오늘은 저도 강남 가요. 전에 회사 사람들하고 약속 있어서.
남자1   (의외) 사이좋았나 부네요. 전에 다니던 회사 사람들도 만나고.
미정   (피식)

웃으며 가다가 한 곳을 보고 표정이 굳는 미정. 한 남자(찬혁, 30대)가 서서 미정을 빤히 보고 있다. 서로가 서로를 불편해하는 시선. 미정이 먼저 시선을 떼는 와중에, 남자 역시 시선을 돌리며 '시팔' 하는 입 모양. 그걸 캐치한 미정. 그러나 그냥 갈 수밖에. 동료들은 여전히 두런두런. 미정은 굳은 얼굴로 가고.

9.   강남. 역사 근처 (밤)

지하 역사에서 나오는 미정. 좀 전의 일 때문에 얼굴빛이 별로 좋지
않고. 그렇게 걸어가는 미정.

10.   술집1 앞 (밤)

상민, 태훈, 향기 셋이 화기애애하게 몰려 서 있고. 오는 미정을 보고
는 향기가 먼저 반갑게 손을 들어 보이고. 미정은 얼른 웃음기를 챙기
며 종종종 달려가

미정   (꾸벅) 안녕하세요.

향기   오랜만이에요.

상민   오랜만이야. (태훈에게) 둘은… 계속 보고 지내지? 염미정 씨 언
         니랑 여전히…

태훈   그럼요. (낮의 일이 마음에 걸리지만)

상민   염미정 씬 갈수록… (이뻐진다고 하려다가 멈추고) 이런 말 하는
         거 아니랬는데 또.

향기   그래도 맺음말은 해야죠. 갈수록,

상민   갈수록… (정중하게 고개 숙여 인사) 새해 복 많이 받으세요.

향기   갑자기 왜 허리는 숙이시고.

상민   진심을 담아서. 진심으로, (고개 숙여) 새해 복 많이 받으세요.

향기   낮술 하셨어요?

| 상민 | 오랜만에 보니까 좋아서. |
| 태훈 | 들어가시죠. |

11.   술집1 (밤)

술잔이 어느 정도 돌았고, 상민은 업된 상황.

| 상민 | 얼마 전에 동창회 나갔다가 출판사 하는 친구한테 해방클럽 얘기를 했더니, 한번 보여달래. 쓴 거. 해방일지. 우리 네 명 꺼 다. 출판하고 싶다고. |

모두 의외라는 얼굴.

향기	출판이요?
상민	결성 과정부터 스토리가 있다나. 뭔가 된다는 거야. 뭐가 된다는 건지 모르겠는데, 이 친구가 초롱초롱해서 말하는데, 괜히 나도 설레더라고. 일반 직장인들의 살아 있는 얘기가 될 것 같다나. 화두를 잘 잡았다는 거야. '해방'. 한 명이 퇴사하면서 지금은 안 한다고 하니까 상관없다고 자꾸 보여달라는데, 이게 나 혼자 좋다 싫다 결정할 문제도 아니고… 일단은 만나서 물어보겠다고 했지. 오늘도 쫓아 나온다고 한 걸 오바라고 말렸어.
향기	(설레는) 우리 작가 되는 거예요?
태훈	(난감해 웃으며) 어후… 전 힘들 것 같은데요.

상민	왜? 부담스러운가?

태훈	쓰다가 말아서 몇 장 되지도 않고… (실은) 너무 개인적인 얘기
	라…

상민	가명으로 하면 되지 않나? 필명. 이번 기회에 필명 하나씩 짓자
	고.

모두	(웃고)

상민	나도 한 반 정도 썼나. 그래도 네 명 꺼 모으면 좀 되지 않을까?

향기	전 두 권째예요. 해방클럽 폐지되고 나서도 계속 썼어요.

태훈	역시…

상민	염미정 씬 어때?

미정	!

상민	계속 쓰나?

미정	…아뇨. …한 권에서 끝냈어요.

상민	…끝냈다는 말이 꼭… 달성했다는 말 같이 들리네.

미정	(웃고) 그런 건 아니고. 근데… 책으로 낼 정도의 얘기인진… 잘
	모르겠어요.

상민	(혹해서) 무조건 된대. 우리 넷 얘기만 들어도… (멈칫) 미안. 내
	가 입 털었다. 허락도 안 받고. 흥분해서. 나이 들어서 이러면 안
	되는데… (어쨌든) 내가 셋 얘기 다 했거든. 각자 뭐에서 해방되
	고 싶어 했는지. 좋대. 건더기가 있다고.

셋은 뿌듯하면서도 조심스러운 미소.
시간 경과. 상민과 태훈은 좀 취한.

상민 　헤어질 땐, 각자 혼자서 끝까지 가보자고, 비장하게 결의하고 헤어졌지만. 뭐. 그때 감정인 거고. 노트가 어딨는지도 몰라. 해방이라는 말에 뭉클하고, 아버지의 필체라는 말에 또 한 번 뭉클하고, 그렇게 순간순간 뭉클하다가⋯ 언제 그랬냐는 듯이 멀멀하게 살고⋯ 그래도 처음엔⋯ 독립운동하는 기분이 이런 기분이었을까⋯ 가슴에 뭔가 하나를 품고 사는 기분. '나의 해방.'
　　(아련한 표정)
향기 　근데 노트는 잃어버리시고.
상민 　(머리를 쓸어 올리고) 사무실은 다 뒤졌는데 안 나와.
향기 　집은요?
상민 　집은⋯ 아직 못 뒤졌지. 집은⋯ 내가 함부로 할 수 있는 영역이 아니라. 허락받고 뒤져야 돼서. 어디 있어. 절대 버리진 않았어.

　　자기 기분에 빠져 있던 태훈이 조용히

태훈 　근데, 출발은 했는데, 뭐가 없지 않아요?

　　그 말에 조용해지는 셋.

향기 　아예 없다고는 또 못 하지 않아요?
태훈 　좀 되셨어요? 해방?
향기 　(생각해 보는) 어느 날은 좀 된 것 같고, 어느 날은 도로 아미타불이지만⋯ 아예 없다고는 못 하는데. 조 과장님은 (나아진 게) 전혀 없으세요?

태훈   (생각해 본다) 내 힘겨움의 원인을 짚었다는 것 외엔…

모두 조용.

미정   그게… 전부 같애요. 내 문제점을 짚었다는 것.

모두 조용.

12.   금고 오피스텔 (밤)

차르르 지폐 계수기가 빠르게 돌아가고.
양쪽의 가방 모찌가 돈을 세고, 회계사가 서류 정리하고.
그러는 동안 서로 멀멀하게 있는 신 회장과 구씨.
회계사가 정리된 서류를 신 회장에게 넘겨주면, 가만히 보는 신 회장.
다시 회계사에게 서류를 넘기면, 가져갈 돈과 금고에 넣어둘 돈을 나
누고 뒷정리하는데

신 회장   현 사장은 그만 정리하지.
구씨   !
신 회장   그동안 해먹은 돈도 만만찮을 텐데. 매출 떨어져서 업장 정리하
          는 걸로 하고, 딴 데로 옮겨 앉자고. (일어나고)
구씨   …

13. 금고 오피스텔. 복도 (밤)

\# 신 회장이 굳은 얼굴로 가방 모찌를 달고 복도를 걸어가고.

\# 역시 구씨도 가방 모찌를 달고 복도를 걸어가고.

엘리베이터 앞에 멈춰 서 있는 구씨의 굳은 얼굴.

14. 도박장 건물 앞 (밤)

불법 도박장이 있을 법한 허름한 상가 건물.

그 앞에 구씨의 차가 와서 서고. 차에서 내려 건물로 들어가는 구씨.

15. 도박장 건물 (밤)

\# 허름한 건물의 좁고 긴 복도를 꾸불꾸불 따라가고. 한 문을 열고 들어가면,

\# 불법 도박장. 테이블에는 사람들이 바글바글.

구씨는 눈으로 현진을 찾는데 단박에 찾아내고.

테이블의 현진은 마지막 패를 까는데… 완전 똥 씹은 얼굴.

상대편 남자가 테이블 위의 돈을 싹싹 긁어 가고.

현진은 뒤늦게 자신 쪽으로 다가오는 구씨를 보고는 에이씨. 일어나 구씨와는 반대편으로 움직인다. 가뜩이나 짜증 나 죽겠는데 씨이.

\# 복도나 계단.

구씨는 느긋하게 현진을 쫓아가나 말투는 무서운.

구씨 시골에서 한가하게 잘 사는 새끼 올라와야 된다 올라와야 된다 뺌뿌질한 게, 도박 밑천 필요해서였지?

현진 (시팔시팔거리며 가고)

구씨 그만 안 되냐? 어? 그만 안 되냐고!!

현진 (가며, 욱해서) 너는 새꺄? 너는 '그만'이 되냐? 아침부터 술에 쩔어 사는 새끼가…

구씨 …!

현진 지 핸드폰 번호도 까먹는 새끼가 누구한테 씨… (문에 다 왔고. 튀기 전 마지막 일갈) 니 대갈통이나 신경 쓰세요.

하고 문을 열려고 하는데, 잠겼다. 문고리 잡아 흔들어보는데 안 되고. 어우씨. 구씨가 느긋하게 천천히 다가오고. 현진 앞에 멈춰 서고. 꼬랑지 내리고 있는 현진.

구씨 내일부터 하루라도 일 매출 8천 밑으로 떨어지는 날엔. 내려가는 거다.

현진 …

구씨 하루라도 떨어지는 날엔. 바로 내려가는 거야.

현진 …

구씨는 돌아서 가다가 돌아보며

구씨   내 번혼 내가 몰라도 되지 않냐? (가고)

16.   달리는 구씨 차 안 (밤)

구씨는 현진에게 모욕을 당한 듯 불쾌해 술을 들이켜고.
그때 벨 소리. 자신의 핸드폰을 보는데 아니고. 계속 벨 소리가 울리자

구씨   핸드폰 안 받냐?
삼식   에?
구씨   벨 소리 울리잖아.
삼식   에? (거치대에 있는 자기 핸드폰을 보는데 검은 화면이고)
구씨   니 벨 소리 아냐?
삼식   무슨… 소리요?
구씨   …!

순간 벨 소리가 커진다.

구씨   … (굳은) 이 소리가 안 들려?
삼식   …무슨 소리요?
구씨   …!

삼식은 무슨 얘긴가 싶어 백미러로 구씨를 보고.
그런 삼식을 보자 더 긴장하는 구씨.

벨 소리가 작게 잦아들면서… 완전히 사라지고.

구씨   …!

피식. 망가시는구나. 습관적으로 손에 들린 술을 입으로 가저가려다
가 멈칫. 술병을 보게 되고. 원인은 이건데. 뭐 씨. 그냥 마시고. 창밖
을 보는 눈.

17.   술집1 앞 (밤)

태훈이 택시 뒷문을 열어주면 미정과 향기가 오르고.
서로 급하게 인사. "먼저 갈게요." "들어가세요." "조심해서 가세요."
택시가 떠나고 나면 상민과 태훈만 남고.

상민   (많이 취한) 나는 버스 타고. 그럼. (양손을 가슴께로 올려 잡고 정
        중히 허리 숙여) 새해 복 많이…
태훈   (상민의 오버에 응하듯 양손을 딱 붙이고 허리 숙여) 옙. 부장님도.
        새해 복 많이…
상민   … (돌아서 가면)
태훈   조심해서 들어가세요.

보다가 돌아서는 태훈.
#컷 튀면, 신호등에 서 있는 태훈. 취한 와중에도 뭔가 잠잠해지는.

그렇게 서 있다가 신호가 바뀌면 건너가고.

18. 달리는 택시 안 (밤)

향기와 미정 모두 창밖을 보는데…

향기 난… 미정 씨 그 말이 안 잊혀지더라…
미정 ?
향기 옛날에 그런 말 한 적 있어. 해방되기로 결심하고 나서, 한 번
      도 느껴보지 못한 감정을 느낀다고. 갑자기… 자기가 사랑스럽
      다고.
미정 !
향기 (아련한) 자기가 사랑스러운 건, 어떤 걸까?

미정은 그랬던 적이 있었지 싶은. 너무 오래된 얘기.

19. 구씨 오피스텔 근처 (밤)

미정이 도로에 서 있고, 향기가 택시 뒷좌석에서 인사.

향기 또 봐요.
미정 조심해서 들어가세요.

199

미정은 떠나는 택시를 보다가 오피스텔 쪽으로.

#한적한 길. 미성의 뒤로 한 남자가 발소리를 죽이며 따라가다가 갑
자기 다다다 달려가서 왁!! 놀라서 보면 구씨고. 웃으며 가는 구씨.

미정   (의외라는 듯) 장난도 다 치네…

그 말에 구씨는 상남자처럼 정색하고 뚜벅뚜벅 앞장서 가버리고.

20.   구씨 오피스텔 (밤)

문이 닫히는 소리와 함께, 또 술병이 구르는 소리, 웃는 소리.
구씨는 또 터치다운 하듯이 스탠드의 불빛을 켜고. 1인용 소파에 털
썩…
미정은 난로를 둘 가까이로 가져와 켜고.
구씨는 술을 마시고, 자기 손을 들어서 본다. 멀쩡한 듯…

구씨   손 떠는 게 먼저일 줄 알았는데. 귀가 먼저 맛이 간다. (차마 환청
      이라고는 말하지 못하는)
미정   ?
구씨   뇌가 망가지는 거지 뭐. 눈 뜨자마자 들이붓는데, 망가질 만도
      하지.
미정   아침부터 마시는 사람 드문데. 술꾼도 아침엔 때려죽여도 못 마
      신다던데.

구씨 　맨정신으로 있는 것보단 덜 힘들어.

미정 　맨정신이 왜 힘든데?

구씨 　(빙긋이 웃다가) 정신이 맑으면… 지나온 사람들이 우르르 몰려
　　　와. 전부 다. …죽은 사람도. (대수롭지 않은 척 애매한 미소)

미정 　…!

구씨 　아침에 일어나면, 잠자던 그 인간들도 하나둘 일어나서… 와.
　　　한 놈, 한 놈… 끝도 없이. 찾아오는 놈들을 머릿속으로 다 작살
　　　내 놔. 쌍욕을 퍼붓고. 그렇게 한 시간을 앉아 있으면… 지쳐. 가
　　　만히 앉아서 지쳐. 몸에… 썩은 물이 도는 것 같애… '일어나
　　　자… 마시자… 마시면 이 인간들 다 사라진다…'

미정 　…

구씨 　그래서 맨정신일 때의 나보다 취했을 때의 내가, 인정이 많은
　　　거야.

미정 　…몰려오는 사람 중에 나도 있었나?

구씨는 미소로 대답을 회피하고.

미정 　어뜩하지. 나 알콜릭도 아닌데 왜 당신 말이 너무 이해될까.

구씨 　…

미정 　잘 자고 일어나서 아침에 이 닦는데 벌써 머릿속에 최 팀장 개
　　　자식이 들어와 있고, 한수진 미친년도 들어와 있고……. 정찬혁
　　　개새끼도 들어와 있어.

구씨 　…!

미정 　그냥 자고 일어났어. 근데 이를 닦는데 화가 나 있어.

구씨	…
미정	….
구씨	그 새끼 전화번호 뭐야. 전화번호만 줘. 금방 해결해.
미정	……그 새끼는 나한테 돈을 다 갚으면 안 돼.
구씨	…!
미정	그 새끼가 얼마나 형편없는 놈인지, 오래오래 증명해 보일 거니까. 세상에 증명해 보이고 싶어. 내가 별 볼 일 없는 인간이라서 그놈이 간 게 아니고, 그놈이 형편없는 인간이라서 그 따위로 하고 간 거라고. 결혼식장에 가서도 '넌 형편없는 놈이야'라고 느끼게 하고 싶고, 그놈이 애를 낳는다면 돌잔치에 가서도 '넌 형편없는 놈이야'라고 느끼게 하고 싶어. …그래서 내가 힘이 없는 거야. 누군가의 형편없음을 증명하기 위한 존재로, 나를 세워놨으니까.
구씨	…
미정	…
구씨	형편없는 놈이라고 증명해 보이고 싶었던 놈 중에, 나도 있었냐?
미정	…당신은, 내 머릿속에 성역이야. 결심했으니까. 당신은 건들지 않기로.
구씨	…!
미정	당신이 떠나고, 엄마 죽고, 아빠 재혼하고… 뭔가… 계속 버려지는 기분이었어. 어떤 관계에서도 난 한 번도 먼저 떠난 적이 없어. 늘 상대가 먼저 떠났지. '나한테 무슨 문제가 있는 걸까?' 나한테 문젤 찾는 게 너무 괴로우니까, 다 개새끼로 만들었던

거야. 근데 당신은 처음부터 결심하고 만난 거니까. '더 이상 개새끼 수집 작업은 하지 않겠다.' 잘돼서 날아갈 것 같으면 기쁘게 날려 보내줄 거고, 바닥을 긴다고 해도 쪽팔려하지 않을 거고, 인간 대 인간으로, 응원만 할 거라고. 당신이 미워질 것 같으면 얼른 속으로 빌었어. 감기 한 번 걸리지 않기를, 숙취로 고생하는 날이 하루도 없기를…

구씨   …

미정   근데 난 불행하니까. 욱해서 당신을 욕하고 싶으면 얼른 '정찬혁 개새끼…' (미소) 되는 일은 하나도 없고, 어디다 화풀이를 해야 될지 모르겠을 때마다 '정찬혁 개새끼…' (미소)

구씨   …

미정   그러다가도 문득 '그놈이 돈을 다 갚으면 난 누굴 물어뜯지?' 돈을 다 갚을까 봐 걱정해. (미소)

구씨   …생각해 보니까… 나… 감기는 한 번도 안 걸렸다…

미정   …

구씨   (술을 마시고. 미소로 미정을 보는)

21.   희선 가게 앞 (밤)

태훈은 빈 박스며 빈 병들을 내와 한곳에 두고.
심호흡을 하며 하늘을 본다. 춥게 입었는데도 들어갈 생각을 안 하고.
희선은 가게 안에서 테이블을 치우다가 그런 태훈을 보고.
테이블을 치워 주방으로 들어가는 희선.

태훈은 이쪽저쪽 잔잔하게 둘러보며 서 있고.

22. 당미역 플랫폼 (다음 날, 낮)

#띠리링 전철이 들어오는 소리와 함께, 플랫폼에 전철이 들어오고.
#전철이 사람들을 쏟아내고 다시 움직이기 시작.

23. 당미역 역사 앞 (낮)

두환이 오토바이에 올라타서 역사 쪽을 돌아보고 있다.
짱 보듯 가만히 보는데, 역사에서 사람들이 몇몇 나오기 시작하고,
잠시 후, 창희가 나오고, 뒤이어 미정과 기정이 나오자, 환해지는 두
환. 그런 두환의 모습 뒤로, 축구부 애들(초 4-6학년) 열댓 명이 헉헉
대며 두환을 지나쳐(앞서?) 뛰어가고. 창희도 두환을 봤고, 미정은 두
환에게 손을 들어 보이는데

두환   다 같이 뒤로 뛰며, 두 팔 흔들며, 환영합니다!!
애들   (일제히 뒤로 뛰며, 두 팔을 흔들며 우렁찬) 환영합니다!!

삼 남매는 마을버스 정류장 쪽으로 가며 조용히 웃겨죽고.
기정과 미정은 같이 손을 흔들어주는.

두환	다시 앞으로!
애들	(앞으로 뛰고)
두환	이따 봐! (오토바이로 애들 뒤를 따라가는데)
창희	(크게) 얼른 하고 와! 대망살에 꼬들살에, 오늘은 돼지고기 오마 카세다!!

그 말에 한 애가 오버하며 쓰러질 듯, "으아! 돼지고기!"
신나서 애들 뒤를 따라가는 두환.
그런 두환을 보며 마을버스 정류장에 서는 삼 남매.
(삼 남매는 선물이며 짐을 하나씩 들었다)

24.   집 외경 (낮)

25.   집. 거실과 주방 (낮)

미역이 잔뜩 불려 있고, 당면도 큰 봉지로 있고, 잔치 준비가 되어 있는 주방. 그 한쪽에서 미정은 사 온 것들을 정리하고(고기는 냉장고에, 먹을 건 식탁에), 창희는 큰 쟁반에 가위며 집게며 고기 구울 물품을 챙기는 중.
거실에선 기정이 제호와 여자 앞에서 옷가지(등산복 남녀 상의. 조끼와 점퍼 세트)를 꺼내고, 여자는 펼쳐진 빵 봉지에서 단팥빵을 먹어보고.

여자   다르다. 어머.

여자가 빵을 찢어서 제호의 입에 주는데, 제호는 손으로 받아서 먹고.

기정   미정이가 아침 일찍 가서 뜨거운 거 사 왔어요. 금방 나온 걸로.
여자   다르네.
기정   (옷을 펼쳐 보이며) 어때요? 아빠랑 같이 커플룩.

커플룩이라는 말에 여자는 부끄러워 호호호. 제호는 괜히 외면하고.

기정   한번 입어보세요.
여자   그럴까?
기정   (입혀주며) 두 분이 커플룩으로 입고 시장에도 가고 산에도 가고
       그러세요. (다 입히고) 색깔 잘 받으시네.
여자   (제호에게) 어때요?
제호   (계면쩍어 외면)
여자   아빠 생신에 내가 호강한다. (질책하듯 흘기는 눈빛) 돈 그만 써.
기정   얼마 안 해요. 셋이 모아서 샀어요.
창희   (주방에서 움직이며) 누나가 젤 많이 냈어요.
여자   (애정 어리게 기정을 흘기는)
기정   제가 제일 많이 벌어요.

그때 창희가 냉장고에서 김치 통을 꺼내는 걸 보자 여자는 얼른

여자   그 김치 별루야. 그거 먹지 마. (서둘러 일어나며) 끝! 내주는 김치
        있습니다.

        거실에 앉아 한마디도 안 하던 제호는 옷을 정리하는 기정을 보다가

제호   …한겨울에 머린 왜 잘랐어?
기정   …깜기 힘들어서 짤랐어요. 짧으니까 너무 가뿐해. (옷을 챙겨
        일어나고)
제호   … (심기가 편치 않은데)
미정   (약통을 제호 앞에 놓으며) 아빠 무릎 연골 약. 아침에 두 알만 드
        시면 돼요.

        제호는 놓인 통을 가만히 보는데, 보는 게 아니고.
        여자는 주방에서 조용히 창희의 등을 토닥이는.

창희   ?
여자   애썼다…
창희   (무슨 말인지 알아듣고, 살짝 민망)
여자   (움직이며) 그걸 어떻게 다 갚았대. 대단하다…
창희   뭘요… (멋쩍어 움직이고)

207

26.   카페 앞 (밤)

한겨울 동네 풍경.

장작불 주변에 창희, 두환, 정훈.

이미 꽤 먹고 마신 듯. 챙겨 나온 쟁반은 지저분해져 있고.

창희   내가 이제 니들 육사시미도 사주고, 다 사준다. 이제 280 벌면
        280이 온전히 다 내 꺼야. 씀씀이를 한번 확 줄이고 나니까, 써
        도 써도 줄지를 않아. 뭣도 먹고 뭣도 먹고 뭣도 먹고… 그래도
        돈이 남아. 280이 이렇게 큰돈이었다니.

두환   다이어트 한번 빡시게 하고, 아몬드 한 알 먹을 때, 아몬드가 이
        렇게 고소할 수가 있다니… 그런 기분하고 같은 거냐? (낄낄낄)

창희   내가 진짜 우리 아부지 이혼당할까 봐 어금니 꽉 깨물고 악착같
        이 갚았다. 결혼하자마자 남편 자식들이 돈으로 치대기 시작하
        는 거 보면 얼마나 생각이 많으실 거야. '잘못 들어왔나…' 아무
        리 그린벨트래도 그래도 땅 가진 남자라고 든든하셨을 텐데. 우
        리 아부지 이혼당하면 딴 수 없어. 내가 데리고 사는 수밖에. 내
        가… 엄마 돌아가시고 아부지랑 삼시 세 끼 마주 앉아 먹으면서,
        까딱하다간 우리 둘이 이렇게 늙겠구나 싶은 게… 암담하더라.
        정신 똑바로 차리고, 아버지 새장가 보내야 된다. 선 자리 들어
        오자마자 아부지 모시고 피부과 가서 얼굴 한번 싹 긁어드리
        고… 리프팅 한번 해주고…

정훈   난 아저씨가 피부과 쫓아가신 게 용하시더라…

창희   나랑 안 살려면 별수 있냐? 그렇게 힘들게 새장가 보내놨는데,

그걸 내가 깨겠냐? 정말 끽소리 안 하고 눈물 나게 갚았다. 모으는 건 어려워도 날리는 건 쉽더라. 10년 모은 걸 몇 달 만에…

두환   그니까 모으질 말아야 돼. 다 쓰고 살아야 돼.

창희   진짜 대박 치나 했는데… 전국에 2천 개 편의점에 군고구마 기계 깔기로 하고, 창고에 가득 찬 기계 보면서… 햐… 염창희 인생 이렇게 풀리는구나 했는데… 그걸 포기한 나란 놈은… 참… 멋져. 편의점에 까는 거 포기하고, 그해 겨울에 3백 개 팔았다. 천 7백개는 창고에 고대로…

정훈   말할 때마다 바뀐다? 저번엔 기계 테스트에 못 가서 탈락됐다매?

창희   갈 수 있었는데 안 갔어. 차에 다 실려 있었어. 테스트할 기계. 테스트도 형식적인 거였어. 낙찰 예정 1순위라…

정훈   근데 왜 안 갔냐고. 대박을 눈앞에 두고.

창희   … (말하고 싶어서 입이 우물쭈물하는데)

정훈   이 새끼 안 하던 짓 하네. 간 보냐? 왜 말을 아껴?

창희   …내가 뭐든 다 입으로 털잖아. 근데. 이건 안 털고 싶어. 나란 인간의 묵직함. 나만이 기억하는… 나란 인간의 멋짐.

정/두   (지랄)

창희   말하면 묵직함이 흩어질 것 같아서… 말하고 싶지 않다. 영원히 나만의 비밀.

정훈   이 셱. 걱정 마. 1분 내로 말해. (이 새끼 못 참아. 그러면서 창희를 보는)

창희는 말하고 싶어서 입이 근질거리는. 눈동자가 왔다 갔다, 참아보려고 술잔을 입으로 가져가고. 말하고 싶어 미치겠는.

두환과 정훈은 그런 창희를 형사처럼 뚫어져라 보며 군고구마를 먹고.

정훈   웬일이냐. 1분 넘길라나 보다…

창희   (그래도 말 안 하고)

두환   (엉거주춤 일어나 창희 겨드랑이 긁는) 긁어주면… 술술 불어…

창희   (참으려고 심호흡을 하고. 진정이 됐는지) 이 말들이 막 쏟아지고 싶어서 혀끝까지 밀려왔는데, 꾹 밀어 넣게 되는 그 순간. 그 순간부터 어른이 되는 거다. '이걸 삼키다니…' 자기한테 반하면서. 나 또 반한다.

정훈   이 쉐끼. 이거. 왜 이렇게 재수 없어졌지?

그때 날리기 시작하는 눈발.

창희는 하늘을 본다. 만족스러운 자신, 만족스러운 하늘.

창희   죽인다… (그렇게 하늘을 보는데)

27.   구씨 업소 앞 (밤)

이제 막 나온 듯, 입구에서 눈 내리는 하늘을 올려다보는 구씨.

그렇게 보고 있다가

구씨   오늘 1초도 설레는 일이 없었는데, 막판에 설레는구나.

한쪽에, 삼식이 차 뒷문을 열고 서 있다.

구씨   …걸어갈란다. (가는데)

삼식   타세요. 그러다 감기 걸려요.

구씨   (피식, 돌아보며) 안 걸려 임마.

천천히 걸어가는 구씨.

28.   집. 거실과 주방 (밤)

#창밖엔 눈이 펑펑 내리고.

미정은 자매 방에서 잡동사니가 담긴 커다란 박스에서 두꺼운 누런 봉투를 꺼내고, 봉투에 든 내용물을 꺼내 보면, 각양각색의 노트가 대여섯 권 나온다. 중고등 시절 일기장. 표지에 연도가 쓰여 있고, [염미정] 이름이 쓰여 있고. 노트를 넘겨보면, 그날그날의 일기들. 어려서의 필체도 보이고. 그리고 맨 뒤에 있는 [나의 해방일지]라고 쓴 노트.

그 노트를 펼쳐보는 미정.

#기정과 여자는 거실에 앉아 무릎에 담요를 덮고 눈 오는 창밖을 본다.

잠잠한 분위기.

여자   아빠랑 여기 이렇게 앉아서 눈 내리는 거 보고 있으면… '이런 날도 오는구나…'

본인도 어떤 파란을 겪고 온 자리인 듯.

제호는 안방에서 표정 없이 TV를 보고 있고.

기정은 이분의 팔자가 자신의 팔자 같고.

자신도 이런 말을 할 수 있는 날이 올까 싶어 울컥.

29.   성당 앞 (다음 날, 낮)

미사가 끝난 듯 사람들이 성당 건물에서 우르르 나오기 시작.

태훈, 희선, 경선, 유림도 나오고. 태훈은 아는 사람에게 상냥하게 인

사하고. 바로 덤덤한 얼굴이 돼서 주차장 쪽으로.

30.   성당. 주차장 (낮)

태훈의 옆자리엔 희선. 뒷좌석엔 경선과 유림. 태훈은 내비게이션을

만지고 있는데,

경선   염기정은 이제 아예 안 오기로 했나 부지?

태훈   (상대하고 싶지도 않고…)

경선   요즘 가게도 안 오고. 헤어졌냐?

희/유   ! (진짜 헤어진 걸까?)

태훈   (짜증을 누르며) 산포 갔어. 아버지 생신이라고.

경선   (뚱) 다음 주에는 또 뭐라고 핑계 대시려나…

꾹 참으며 차를 빼는 태훈. 옆에 앉은 희선도 참는 게 느껴지고.

31.   식당2 (낮)

한마디도 안 하고 먹는 태훈의 식구들.

그렇게 먹다가 유림이 전화를 받으며 나가면, 희선이 조용히 먹으며

희선   여차하면. 내가 쟤(경선) 데리고 사라질게. 걱정 마.

경선은 골나서 눈만 이리 떴다 저리 떴다… 끽소리 않고 먹는.

32.   식당2 근처 (낮)

밥을 먹고 차 쪽으로 걸어가는 상황.

경선은 천덕꾸러기 막냇삼촌처럼 뒤쳐져서 쭐레쭐레 쫓아오는.

그러다가 계란빵 장사 앞에 멈춰 서고.

경선   계란빵 있는데?

태훈   (쳐다도 안 보고 가고)

경선   안 사?

희선   (돌아보며) 기정이 없대잖아!

데면데면하게 다시 쫓아가는 경선. 기고 있는 중.

33.   집. 거실과 주방 (낮)

제호의 생일상에 둘러앉은 다섯 식구.
이미 불을 붙이고 끈 케이크는 식탁 아래로 내려져 있고.
다들 말없이 먹는데.

여자   (옆에 앉은 미정에게) 많이 먹어.

미정   (멋쩍고) 네.

여자   죽기 전에 미정이 수다 떠는 거 한번 볼 수 있으려나 몰라.

미정   (쭈뼛쭈뼛) 저 말 많아요.

여자   (살짝 품) 누구랑?

미정   (그냥 먹는)

여자   아고. 동치미. (서둘러 일어나는데)

기정   됐어요. 먹을 거 많은데.

여자   동치미도 끝! 내줍니다. 이따 가져가. 싸줄게.

여자는 바가지를 챙겨 들고 밖으로.
그렇게 여자가 나가면, 넷만 남은. 뭔가 어색해진 느낌.
그렇게 조용히 먹다가

제호   혼자 살아도 된다 싶으면 혼자 살아. …니들은 그래도 돼.

기정은 조용히 가슴이 내려앉고.
모두 뭔가 숙연해지는.

창희   두 번 하신 분이 하실 말씀은 아닌 것 같은데요?
제호   …두 번 했으니까 할 수 있는 말이야.

제호는 눈물을 참는 듯 눈가가 촉촉해서 어렵게 말하는

제호   아빠… 힘이 없어. (그래서 혼자 못 살아) 니들은… 아빠보다 나아.

제호가 눈물을 참기 시작할 때부터 덩달아 눈물이 났던 미정은 아무
렇지 않게 먹는 와중에도 눈이 빨개지고. 결국 얼른 휴지로 코를 풀
고. 그렇게 다들 눈물을 참으며 먹는 분위기. 그런 넷의 모습에서.

34.   산포. 산 (낮)

새가 우는 산 중턱.
혜숙의 인공관절을 심은 나무 아래 서서 풍경을 내려다보는 창희.
두환은 근처에서 막대기로 땅 파고 있고(돼지감자나 칡을 캐는).
창희는 풍경을 보다가 뜬금없이 영화 얘기…

창희   '리턴 투 파라다이스'라는 영화가 있어. 고등학교 땐가 봤는데,
        배낭여행 하다가 만난 남자 셋 얘긴데, 같이 어울려 놀다가 며

칠 후에 헤어져. 두 명은 자기 나라로 돌아가고, 한 명은 거기 남기로 하고. 근데 몇 년 후에 두 명한테 어떤 변호사가 찾아와. 그때 셋이서 마리화나를 했는데, 거기 남은 한 놈이 그 마리화나를 갖고 있다가 경찰에 잡혔대. 근데 그놈이 소지하고 있던 마리화나 양이 사형에 해당하는 양이래. 니들이 가서 같이했다고 증언하면 (소지하고 있던) 마리화나 양을 3분의 1씩 나눠 갖는 게 돼서 사형은 면한대. 대신. 셋이 똑같이 2년을 그 나라 깜방에서 살아야 한다고.

두환   (열심히 땅을 파며) 난 안 가…

그런 두환을 보는 창희의 시선. 저놈이 좋은 놈이겠구나 싶은.

창희   그래도 사형은 면하게 해야 되지 않냐고, 되게 양심적인 척했던 놈은… 교도소 환경 보고 놀라서 도망가. 근데 안 가겠다고 했던 놈은 그 실상을 보고… 흔들려. 있어줘야 되지 않냐. 결국 양심적인 척했던 놈은 도망가고, 갇혀 있던 놈은 사형을 면하지 못하고, 안 가려고 했던 놈만 괜히 같이했다고 증언해서 교도소에 갇혀. 이게 뭐냐 싶잖아. 근데 사형 집행되는 날, 교도소 광장 사형대에서 걔가 달달달 떠는데, 그놈이 좁은 교도소 창문으로 내다보면서 그래. … (눈물을 참느라 말하기 힘든) '(소리치는 흉내) 나 여깄어, 내 눈 봐, 나 여깄어.' (말을 잇지 못하고) 왜 눈물이 나냐… (잠시 감정을 추스르고) 그 10분. 짧으면 5분. 나 같아도. 그 5분을 위해서 교도소에 2년 썩는다 싶더라. 친구도 아니었고, 아무 사이도 아니었는데.

조용… 새소리만…

안 듣는 것 같았던 두환은 핸드폰을 보며 일어나,

두환   이 새끼 이거. 청소년 관람 불가 영화를. 고등학교 때?
창희   …

컷 튀면, 내려가는 창희와 두환.

창희는 통화하며 내려가고.

창희   지금 가. (끊고) 빨리 오래. 집에 간다고. (걸음이 빨라지는)
두환   (같이 빨라지며) 언제 또 오냐…
창희   …

허위허위 내려가는 창희의 뒤통수에서.

35.   빌라 앞 + 대형 편의점 (낮) - 회상

2020년 9, 10월경.

낙엽이 날리고. 창희는 미니밴 짐칸에 군고구마 기계(박스에 [군고구마 기계]라고 인쇄된)를 두 개 싣고. 쓰러지지 않게 잘 자리 잡게 하고. 진동으로 울리는 핸드폰을 받으며 차 문을 닫는.

창희   어.

#민규는 차에서 내려 대형 편의점으로 들어가며

민규   오늘 테스트 우리 매장인 거 알지?

창희   알어. 지금 출발한다.

민규   뭐 이렇게 일찍 출발해? 11신데?

창희   미리 가서 세팅해 놓고 기다려야지. 들를 데도 있고. 이따 봐.

전화를 끊고 운전석에 오르는 창희. 차가 빠져나가고.

36.   병원. 복도 (낮) - 회상

아무 생각 없이 경쾌하게 복도를 걸어가는 창희.

37.   병원. 병실 (낮) - 회상

#드르륵 병실 문을 여는데, 느낌이 이상하다. 이상한 냄새. 코를 만지
    다가 병실 문을 열어둔 채로 창문을 열고. 그리고 침상 위의 혁수 얼
    굴을 보는데, 입은 슬쩍 벌리고 검은 얼굴에 미간이 살짝 찌푸려진.

창희   형.

뭔가 이상하다. 순간 이불을 걷어 엉덩이 쪽을 보는 창희.

38.   병원. 복도와 병실 (낮) - 회상

#복도. 간호사들이 복도를 바삐 걸어오고.

#병실. 간호사들은 혁수의 바이탈을 체크하고.

간병인 두어 명이 혁수의 오물을 처리할 준비를 하고, 차르륵 커튼을 닫고.

창희는 왔다 갔다 하며 통화 중. 한참을 신호음만 가고.

핸드폰을 내리는데. [지현아]

톡을 남긴다. [혁수 형, 몇 시간 안 남았어. 빨리 와. 빨리!!]

#복도. 데스크 쪽으로 바삐 걸어가는 창희.

#데스크의 간호사는 전화를 끊고 창희에게

간호사   (애달아) 보호자 분하고도 연락이 안 돼요. 이러면 한두 시간 내
         인데(한두 시간 내에 돌아가시는데)…

창희   어머니 말고 딴 번호는 없어요?

간호사   (서류 보며) 없어요.

창희   (난감하고. 어쩔 수 없다) 어머니 번호 좀… 저도 해볼게요.

창희는 간호사가 건네주는 서류의 번호를 보며 핸드폰에 찍는.

#병실. 핸드폰을 귀에 대고 있는 창희 위로 계속되는 신호음.

전화를 끊자마자, 바로 핸드폰이 울리는데, 액정을 보고 난감한.

창희   (받고) 어.

39.　병실 + 대형 편의점 (낮) - 회상

민규　(낮게) 왜 안 와? 아까 출발했대매? 본사에서 벌써 와 있어.

앙복을 입은 두 남자가 명찰을 달고 커피 마시며 두런두런.

창희　(미치겠다) 일단 끊어봐. 알았어. 끊어봐.

40.　병원. 병실 (낮) - 회상

다시 [지현아]를 클릭해서 전화하는데, 계속되는 신호음.
그러는 와중에 간병인과 간호사가 처리한 오물을 챙겨 들고 나가고.
창희는 애달아 낮은 심호흡을 하며 신호음을 듣다가… 서서히 잠잠
해진다.
천천히 핸드폰을 내린다.
혁수를 돌아본다. 혁수의 눈이 살짝 떠지고, 눈동자가 한 바퀴를 돌고
또 까무룩 감기고, 뭔가 다한 느낌. 그런 혁수를 보고 가만히 서 있는.
의자를 가져와 혁수 옆에 앉고.

창희　형. 미안해. 괜히 불안하게 해서. 형. 나랑 둘이 있자. 내가 있어
　　　줄게. / 나 이거… 팔자 같다. 우리 할아버지, 할머니, 엄마… 다
　　　내가 보내드렸잖아. 희한하지? 내 나이에 임종 한 번도 못 본 애
　　　들도 많은데. 근데 난 내가 난 것 같애. 보내드릴 때마다, 여기

내가 있어서 다행이다 싶었거든. / (피식 웃는데 눈물이 나는) 귀
신같이 또 발길이 이리 왔네. / 형… 내가 세 명 보내봐서 아는
데… 갈 때… 엄청 편해진다. 얼굴들이 그래… (속삭이듯) 그니
까 형… 겁먹지 말고, 편하게 가. 가볍게. / (혁수의 손을 잡고) 나
여기 있어…

잠시 후, 정말로 편해지는 혁수의 얼굴.
그런 혁수를 보는 창희. 그런 두 사람의 모습에서.

41.   대형 편의점 (낮) - 회상

민규가 핸드폰을 귀에 대고 있는데, "전원이 꺼져 있어…" 하는 음성.
암담한 얼굴로 핸드폰을 내리고.

42.   대형 편의점 앞 (낮) - 회상

본사 직원들이 불쾌한 얼굴로 편의점에서 나와 차에 오르고.
편의점 안에서 그런 직원들을 보는 민규. 낭패다 싶은.

43. 병원. 주차장 (낮) - 회상

군고구마 기계가 실린, 밴의 뒷면이 보이고.

그 뒷면에서 갑자기 우수수 낙엽이 날려 떨어지는.

그렇게 쓸쓸하게 있는 밴의 모습에서.

44. 강북 도심 (낮)

창희가 도심 한가운데 서 있다. 멀리 보는 차분한 얼굴.

[2022년 2월 18일 오픈 예정]이라는 플래카드가 있어 현재임이 보이고.

그렇게 있는데 근처에 있는 큰 음식점 건물에서 현아가 나오고.

현아를 보는 창희. 둘이 같이 걸어가며, 뭔가 어색하고 멀뚱한 대화.

창희   뭐래?

현아   내일부터 출근하래.

창희   (좀 가다가) 잠원동 거기도 괜찮대매? 시급도 쎄고.

현아   거긴 계속 다니고, 여긴 주말만. …나도 강북에 있어볼까 하고.

창희   쉬엄쉬엄해라. 누가 쫓아오냐?

현아   …밧데리가 0이 될 때까지 날 소진시켜야 제대로 산 거 같애.

         조금이라도 에너지가 남아 있으면 무거워. …되는 일은 없고,

         이룬 것도 없지만, 어쨌든 죽을힘은 다했다… (그런 마인드)

창희   …설사하고 나서 기운 빠졌을 때랑 비슷한 거냐?

현아   …

창희	간만에 설사하고 싶다.
현아	아이스 라떼 마셔. …사줄까?
창희	집에 가서 마셔야지. 돌아다닐 땐 안 돼.
현아	… 생각보다 얼굴 좋네?
창희	나쁠 일이 뭐 있다고.
현아	…
창희	날이 푹하다. 봄이 오나 봐.
현아	오겠지. 봄도 오고. 여름도 오고. …겨울도 오고.

그렇게 지하철 역사 앞까지 왔고

창희	(멈춰서) 가.
현아	(가며) 가. (빠르게 가며) 주말에 일 끝나고 편의점으로 갈게.
창희	…! (보다가 돌아서 가는)

45. 역사 근처 (낮)

창희는 건널목에서 신호를 기다리고 있는데, 주변에서 들리는 확성기 소리들.

여자	(E, 차분한) 주 예수를 믿으라. 끝이 다가왔다. 회개하라. 천국이 가까이 왔느니라. 세월을 아끼라. 때가 악하니라.
남자	(E, 격앙된) 대한민국은 연애하지 않는 사람들, 결혼하지 않는

223

사람들, 출산하지 않는 사람들 때문에 사라질 것입니다. 연애하지 않는 사람들, 결혼하지 않는 사람들, 출산하지 않는 사람들한테 강력한 제재를 가해야 됩니다!

그런 소리가 반복되는데, 그런 주장이 전혀 들리지 않는 듯, 혹은 무의미한 듯, 멀멀하게 서 있는 창희. 신호가 바뀌고 건너가는 와중에도 그런 소리가 들리고. '멸공'이며 십자가며… 온갖 깃발이 나부끼는 거리.

46.   술집2 외경 (밤)

유리창 너머, 무겁게 마주 앉아 있는 기정과 태훈이 보이고.

47.   술집2 (밤)

태훈   후회했어요. 해방클럽에서, 약한 남자라는 느낌에서 벗어나고 싶다고 말했던 거. 나도 모른 척하고 살아야 되는, 역린 같은 걸 건드린 것 같아서. 그리고… 기정 씬 그때 그 말 듣고, 불쌍해서 나한테 끌렸으니, 어떤 상황에서도 날 못 떠나겠구나…

기정   (울컥해서 어깃장 놓듯이) 네에. 못 떠나요. 안 떠나요. 불쌍해서 끌리면 안 돼요? 사람 감정이… 이건 사랑, 이건 연민, 이건 존경… 그렇게 딱딱 끊어져요? 난 안 그렇던데. 막… 다 덩어리로 있던데. 태훈 씨 존경해요. 사랑도 하고. 연민도 해요. 다 해요.

태훈　…근데 왜 머린 잘랐어요?

기정　난 머리 좀 자르면 안 돼요? 머리도 못 잘라요?

그렇게 어깃장을 놓다가 차분히 진심을 말하는 기정.

기정　어쩌다 이렇게 됐는지 모르겠어요. 태훈 씨한테 힘이 돼주고 싶
　　　었는데, 그런 존재이고 싶었는데, 태훈 씰 힘들게 하는 여자 하
　　　나만 더 늘게 한 거 아닌가… 솔직히 뭐가 문젠지 모르겠어요.
　　　태훈 씨가 뭘 그렇게 잘못했지? 난 또 뭐가 그렇게 억울하지?
　　　따져보면 마땅한 말이 없는데. 그냥… 총체적인 느낌이… 뭔
　　　가… 지는 기분이에요. 내가 꼬맹이 눈빛 하나에 이렇게 무너지
　　　는 자존감 낮은 여자였나 쪽팔리고, 조경선 막말하는 거 하루
　　　이틀도 아니고, 고등학교 때부터 쭉 일관성 있게 막말하며 살
　　　아오던 앤데 난 왜 새삼 상처받을까. 조태훈을 사랑해서? 그게 왜
　　　내가 작아지는 일이어야 하나? 사랑은 힘이 나는 일이어야 되는
　　　데 왜. 헤어지면 난 행복할까? 근데…… 헤어진다고 생각하
　　　면… 팔이… 저려요. 겨드랑이에 막… 전기가 와요… (또 그런
　　　듯, 겨드랑이를 꾸욱꾸욱 주무르는데 훌쩍이게 되고)

태훈　…

기정　못 헤어지는 게 분명한데, 그럼 더 가야 되는 건데, 어떻게 가야
　　　되는 거지?

태훈　…

기정　…

225

태훈 변명 같아서 말 안 했는데, 그래도, 말할게요. 전 이상하게 아장 아장 걸어가는 애들 뒷모습을 보면… 마음이 안 좋아요. 30년 후에 쟨 어떤 짐을 지고 살아갈까. 어떤 모욕을 견디며 살아갈까.

기정 … (너무 알겠어서 마음이 쓰리고)

태훈 나니까 견뎠지, 저 애는, 그 어떤 애도 그런 일은 견디지 않았으면 좋겠는데. 물론 유림이가 있어서 좋았고, 내 인생에 유림이가 없다는 건 상상도 못 하지만… 나는 태어나서 좋았나? 냉정히 생각해 보면… 아뇨. (빙긋이 미소)

기정 … (또 너무 이해되고 백 퍼 동의돼 눈물이 나는)

태훈 그래서 기정 씨가 임신이 아니라고 했을 때 불쑥… 다행이란 말이 튀어나온 것 같애요.

기정 …

태훈 이상, 조태훈의 변명이었습니다.

잠시 말이 없는 두 사람.

기정 … (눈물을 슥 닦고) 태어났으니까 살아야 되는데… 우리 어떻게 살아야 돼요?

태훈 …

기정 나 남자 할게요. 여자 넷 힘들잖아요. 오늘부터 남자. 그래서 자른 거예요.

태훈 (어이없는 미소)

그렇게 풀어져서 다시 웃는 두 사람.

그런 둘의 모습이 창밖으로 보이고.

48. 여의도. 도심 일각 (다음 날, 낮)

미정은 점심시간을 맞아 남자 동료 두 명과 걸어가다가

미정　먼저 가세요. 저 잠깐 돈 좀 찾고 갈게요.

그렇게 ATM 기기로 들어가고.

49. ATM 기기실 (낮)

들어와 줄을 서는데, 한 곳을 보고는

미정　!

옆옆 줄에 길거리에서 봤던 남자(찬혁)가 서 있다.
미정의 시선에서 대각선 앞에 있어서 남자는 미정을 보지 못하고. 도
로 나갈까 말까 갈등하는 미정.
그런데 남자가 살짝 몸을 틀어서 통화하는 바람에 남자의 가방이 앞
에 선 여자의 엉덩이를 툭 친다. 여자는 힐끗 돌아보고 말고. 그런데
또 남자의 가방이 여자의 엉덩이를 건드리는데, 이번엔 스무드하게

천천히… 결국 여자는 빤히 남자를 돌아보고.

미정   !

남자는 통화를 끝내고 이 여자가 왜 처다보나 하는. '왜? 뭐?' 하는
시선. 그런 두 사람을 힐끗거리며 긴장하는 미정. 그러다가 여자에게

미정   아녜요. 가방이 건드린 거예요.

여자는 남자의 가방을 내려다보고, 아! 민망해하며 풀어지고.
남자는 그제야 자기가 무슨 오해를 받았는지 알게 되고. 가방을 더 뒤
로 고쳐 멘다.
그제야 미정이 있음을 알게 되는. 그러나 뒤돌아보지는 않고.
두 사람의 불편한 기운.
컷 튀면, 남자가 기기 앞에서 업무를 보고 나가는데,
미정에게 눈길도 주지 않고 나가고.
미정도 처다보지 않고.

50. ATM 기기실 앞 (낮)

미정이 일을 마치고 나와서 보면, 남자가 서 있고.

미정   !

찬혁   (불편하지만 말을 거는 느낌) 여기 어디 다니나 봐?

미정   (역시 불편하지만) 응. H카드.

찬혁   …

미정   선배도 여기 어디 다니나 봐?

찬혁   저기 MC몰.

서로 말이 없고. 어색한 시간.

찬혁   내일 100만 원 송금할 거야.

미정   …

찬혁   나머진 좀 더 기다려줘.

미정   …

찬혁   미안해. 계속 질질 끌어서.

미정   아냐. 갈게. 점심시간이라.

찬혁   그래. 가.

미정은 가고, 찬혁은 자리를 뜨지 못하고 있다가… 문득 멀어지는 미
정을 본다.
담담히 가는 미정의 뒷모습…
오랜 앙금이 풀리는 시간…
담담히 걸어가는 미정의 뒤로, 찬혁이 천천히 자리를 뜨는 게 보이고.

51.   역사 근처 (밤)

자동차 경적 소리, 지나가는 사람들로 시끄러운 곳에 취해 서 있는
구씨.
살짝 비틀거리는 느낌. 가까이에 있는 역 출구를 보다가 무심히 맞은
편을 보는데, 맞은편 역 출구에서 미정이 불쑥 나오고, 종종종 뛰어간
다. 딴 데로 가는 것 같은.

구씨   염미정!!
미정   (못 듣고 가고)
구씨   염미정!!

그 소리를 들은 듯 둘러보는 미정.
구씨는 손을 들어 보이고. 미정은 그제야 구씨를 보고. 환해지는 얼굴.
구씨는 건널목 쪽으로 손짓. 그쪽으로 오라는 식.

#신호등 앞. 미정이 건너오고.
  구씨가 앞장서 가며

구씨   어디로 가냐?
미정   술 사 가려고.
구씨   이쪽에도 있어. 편의점.

그렇게 둘이 빠르게 걸어가다가

미정   당신이 '염미정!!' 부를 때, 좋아.

구씨   …

52. 구씨 오피스텔 근처 (밤)

비닐봉지 소리, 그 안에서 병이 부딪치는 소리.

낄낄거리며 웅숭그리며 빠르게 걷는 두 사람.

미정   (신난) 집에 갔다가 어려서 일기장 읽어봤는데, 깜짝 놀랐잖아.
       내가 기억하고 있던 어린 시절의 나하고 일기장의 기록하고 너
       무 달라서. 난 주변머리 없고, 누구와도 뜨거웠던 적이 없었던,
       있으나 마나 한 애라고 생각했었는데, 일기장 보니까, 아주 좋아
       죽어. 얘는 이래서 좋고, 쟤는 저래서 좋고. 되게 뜨거운 애였던
       데?

구씨   몰랐냐? 너 뜨거워.

미정   … (미소)

구씨   … (미소)

구씨   (걷다가 삐끗, 휘청)

미정   (잡아주고) 왜 이렇게 많이 마셨어?

구씨   …좋아서.

고층 빌딩 사이에 쨍하니 차갑게 뜬 달…

지쳐서 멈춰서 그런 달을 보다가…

구씨   가끔… 아주 가끔… 마시지 않았는데도 머릿속이 조용할 때가
        있어. 뭔가… 다 멈춘 것처럼… (그렇게 가만히 있다가 다시 장난
        기 어리게) 그럼 또 확 독주를 들이켜. (다시 걸어가며) 편안하고
        좋을 때도 그게 싫어서 확 깨버릴라고 마셔. 살 만하다 싶으면
        얼른 확. 미리 매 맞는 거야. '전 행복하지 않습니다! 절대 행복
        하지 않습니다! 불행했습니다! 그러니까 벌은 조금만 주세요.
        제발 조금만. 아침에 일어나 앉는 게 힘듭니다. 왔던 길을 다섯
        걸음도 되돌아가지 못하겠어서 두고 나온 우산을 찾으러 가지
        않고, 비를 맞고 갔습니다. 그 다섯 걸음이 힘들어서. (낄낄) 비
        쫄딱 맞고… 난 너무 힘들고, 너무 지쳤습니다. 이미 엄청나게
        벌받고 있습니다. 그러니 제발…'

        슬픈 얘기를 익살맞게 하는 구씨를 보며 미정은 깔깔깔.
        구씨도 미정이 웃으니까 같이 웃고.

미정   어우 당신 왜 이렇게 이쁘냐…

        그 말이 구씨의 마음에 들어온 듯, 발걸음이 멈춰지고.
        웃는데 뭔가 촉촉해지는 눈가.

미정   (돌아보며) 아침마다 찾아오는 사람한테 그렇게 웃어. 그렇게 환
        대해.

        미정은 종종종 걸어가고. 구씨는 그런 미정을 보고 있다가 "염미정!!"

부르며 다다다 달려가 마치 잡았다 하는 것처럼 미정을 뒤에서 끌어 안고. 두 사람의 웃음소리가 허공을 울리고.

53.　빌라. 거실과 주방 (밤)

기정이 간단한 설거지를 하는데 밖에서 들리는 소리.

태훈　(E, 밤이라 낮게 부르는) 기정 씨이…

순간 수도꼭지를 잠그는 기정. 가만.

태훈　(E) 기정 씨이…

맞다! 기정은 서둘러 베란다 쪽으로 가고.

54.　빌라. 베란다 창 (밤)

베란다 창문을 열면, 창 아래에서 태훈이 술 취해 해맑은 얼굴로 종이 봉투(계란빵이 든)를 내밀고.

기정　(받으며) 뭘 또 사 와요. 아직 있는데.
태훈　오다가. 생각나서.

그런데 봉지에 웬 나뭇가지가 꽂혀 있고.

기정   이건 뭐예요?
태훈   맨날… 계란빵만 드리기 뭐해서… 갈게요. (손을 들어 보이며 가고)

기정은 나뭇가지를 빼 들어보는데, 그냥 나뭇가지.

기정   (보다가 크게) 이게 뭐예요-?

55.   빌라 앞 (밤)

기정은 나뭇가지를 들고 뛰어나와 크게

기정   이게 뭐냐고요-?
태훈   (가다가 돌아보며) 제 마음이에요-!

태훈은 또 해맑게 손을 흔들어 보이고 휘청휘청 가고.
기정은 나뭇가지를 들고 서서 이게 뭔가.
돌아서 가다가 보면, 좀 전에 태훈이 매달린 베란다 창 아래, 목이 댕
강 부러져 떨어져 있는 장미 송이. 그걸 주워 나뭇가지에 대충 대보
니… 여기에 달렸던 게 맞다.
나뭇가지에 잎 하나 없어서 장미라고는 생각지 못한.

56.   빌라. 거실과 주방 (밤)

물이 자작하게 담긴 하얀 간장 종지에 장미 송이를 놓는 기정.

기정   (E) 받는 여자 염기정, 목이 부러진 장미 송이를 찾아와 간장 종
         지에 물 담아 담가놓았습니다. 꽂아보려 해도 꽂을 목이 없어,
         간장 종지에 눕혔습니다. 우리 사랑이 화병에 우아하게 꽂히는
         목이 긴 장미였으면 얼마나 좋았을까요? 간장 종지에 지쳐 누워
         있는 장미 송이가 당신 같고… 나 같고… 안 쳐다보면 더 빨리
         시들까 봐, 눈을 떼지 못하는 난… 이런 여잡니다.

         옆에 있는 봉지에 계란빵이 보이고.

기정   (E) 계란빵 좋아한다는 말에 겨울이면 3일에 한 번씩 계란빵을
         사 드미는 남자. 소고기라고 했으면 어쩔 뻔했을까. 계란빵이라
         고 말한 나의 입을 칭찬하고, 매일 계란빵을 사 드미는 당신
         을… 사랑합니다.

         기정은 훌쩍이며 장미를 보고 있고.

57.   달리는 버스 안 (밤)

흔들리는 버스 안에 앉아서 빙긋이 미소 지으며 창밖을 보는 태훈.

톡이 울려서 보면, 기정의 톡. [태훈 씨, 외투 단추 어긋나게 채웠어요.]
한 손으로 힘들게 하나하나 푼다. 취했고, 지쳤고, 슬프지만 빙긋이
미소로 창밖을 보며. 그리고 다시 하나하나 채우는데, 또 어긋나게 채
우는…

58. 창희 편의점 앞 (다음 날, 낮)

창희   (E) 갔다 올게. 수고해.

창희는 편의점에서 나와 가방을 메고 가고.

59. 평생교육원 외경 (낮)

60. 평생교육원. 로비 (낮)

창희는 게시판 앞에서, 정선의 그림이 배경으로 돼 있는 [조선 시대 풍
경화로 본 서울]이라는 제목의 포스터를 보고 있다. 강의실을 확인하는
데, 302호.
그때 핸드폰이 진동으로 울려서 확인하며 가는 창희.
핸드폰을 보며 찔끔찔끔 계단을 올라가는데, 하나둘 꽤 여러 사람들
이 올라가고.

61.   평생교육원. 복도 (낮)

여전히 핸드폰을 보며 힐끗힐끗 강의실을 확인하며 천천히 가는데,
주변으로 "여긴가?" 하는 소리. 그러다가 "저기네." 하며 창희를 앞서
가는 소리.
창희는 핸드폰에 정신 팔려 그들을 따라가는데, 302호라고 붙은 강
의실(포스터도 붙어 있는)을 지나가는.

62.   평생교육원. 강의실 (낮)

스무 명(30대 이상) 정도 앉아 있고. 창희는 자리에 앉아 여전히 핸드
폰 보고 있는데, 그때 강사가 들어오며, "안녕하세요." 수강생들도
"안녕하세요."
창희는 얼른 핸드폰을 접고 집중 모드.
강사는 따뜻한 시선으로 좌중을 하나하나 둘러보고. 창희와도 시선이
닿고.
창희는 왜 저러나, 살짝 계면쩍어지는데,

강사   장례지도사의 길로 들어오신 여러분을, 환영합니다.
창희   !!
강사   반갑습니다. ***라고 합니다.

사람들의 책상에 놓인 책을 보면, 장례지도사와 관련된 책. 오우씨 잘

못 들어왔다. 강의가 시작되고, 창희는 조용히 나가려고 가방을 챙기고 엉덩이를 들다가… 정지해서 가만히 있는. 그러다가 힘없이 피식. 귀신같이 들어와 앉았다는 느낌. 신기하고 재밌고. 나가기를 포기한 듯 앉아 있는 창희.

63. 몽타주 (낮)

#상민 사무실 책상. 뭔가를 보는 상민.
　다 읽고 노트를 덮는데, 앞면에 [나의 해방일지, 박상민]
　가만히 있다가 톡을 하는 상민의 모습 위로

상민　(E) 우리 다시 합시다. 해방클럽. 될 때까지.

#태훈 사무실 책상. 그 톡을 보는 태훈. 빙긋이 미소.
#카드 발급실. 역시 그 톡을 보고 있는 미정의 모습에서,
　향기는 벌써 [좋아요!!]라는 글을 올렸고.
　그리고 태훈의 톡이 들어온다. [좋아요!!]
　미정도 쓴다. [좋아요!!]

64. 달리는 구씨 차 안 (낮)

차 안엔 '피버스'의 '그대로 그렇게' 노래가 흐르고.

삼식은 리듬 타며 운전 중인데, 구씨는 어이없어 웃음이 나는.
조수석엔 가방 모찌가 가방을 무릎 위에 놓고 있고.

구씨   옥자야.
삼식   네.
구씨   나이가 몇인데 이런 노랠 듣니?
삼식   …옥자니까요.
구씨   (엠비…)

65.   현진 업소 (밤)

#음악이 이어지며, 현진 업소의 계단을 경쾌하게 내려가는 구씨.
　따라 내려가는 가방 모찌.
#구씨가 홀을 지나 복도에 들어서는데, 사무실 문 옆에 서서 불량하
　게 구씨를 쳐다보는 놈1. 놈의 주변엔 못 보던 덩치 두어 명이 더 있
　고. 분위기로 제압하려는 듯 위압적인 표정과 포즈로 구씨를 보는
　놈들. 상황을 감 잡는 구씨. 흔들림 없이 무뚝뚝한 얼굴로 진격해 오
　는 구씨.
　그렇게 와서 구씨가 사무실 안을 보면,
#우두머리로 보이는 놈이 테이블의 돈(5만 원권으로 5천만 원 정도.
　500씩 묶음)을 일수 가방에 담고 있고, 양옆으로 덩치 둘이 있고.

구씨   누가 내 돈에 손대냐?

우두머리는 그 말에 돈을 담다가 멈칫.

현진은 얻어터진 듯 한쪽에 꼬랑지 내리고 있는.

구씨   (손짓) 놔. 내려놔.

우두머리 (곳방귀도 안 뀌고, 덤덤히 마저 담으며) 여기 사장이 1억 6천 도
         박 빚이 있는데, 이게 꼴랑 5천이라네. 어떻게, 나머지 1억 천,
         얹어주실란가?

         놈은 구씨를 보며 일수 가방의 지퍼를 착 채우고.

         돈은 내 손에 들어왔다는 듯.

         #삼식은 소변이 급해 종종종 들어와 화장실 문고리를 잡았다가 뭔가
         느낌이 쎄한. 도로 나와 사무실 쪽을 보면, 못 보던 놈들이 있고. 문
         가에 있던 가방 모찌는 괜히 있다가 돈 뺏길까 싶어서 나가려고 하
         는데, 복도에 있던 한 놈이 못 가게 막고. 가방 모찌가 제지당하는
         걸 보자, 삼식은 확실히 문제 있다 싶어 사무실 쪽으로 가는데, 또
         한 놈이 삼식을 막자, 가로막은 놈의 팔을 보다가… 그 아래로 지나
         가고…

덩치   형님, 먼저 나가십쇼. 여긴 저희가 정리하겠습니다. 잘하면 잔금
         도 받아 갈 수 있을 것 같습니다. (하며 가방 모찌가 든 보스턴백을
         보고)

구씨   (피식) 니들 말투는 어디서 단체로 배우니? 어쩜 그렇게 하나같
         이 똑같냐. 나 공부 못했고요, 가방끈 짧고요…

우두머리 …!

구씨   (뒤도 돌아보지 않고) 우빈아!!

삼식   (설마… 나?)

구씨   김우빈!

삼식   네에!! (개명 이름을 불린 기쁨)

구씨   문 닫아라. 오늘 영업 못 한다.

삼식   (홀을 향해 우렁차게) 문 닫아라! 오늘 영업 못 한다!

말이 떨어짐과 동시에 싸움이 시작되고.

가방 모찌는 돈 가방(보스턴백)을 옆에 있는 캐비닛(장)에 빠르게 넣고, 달려드는 무리를 상대하고. 삼식도 정욱도 몇 명의 종업원도 싸우기 시작.

가방 모찌는 선수처럼 빠르고 날렵한 액션.

삼식 역시 구씨가 가까이 둔 이유가 보이는, 한 방이 있는 액션.

정욱은 야구 모자를 쓴 채로 싸우다가 벗겨지면 정수리의 붕대가 보이고.

구씨가 사무실에 있던 세 놈을 마크하며 싸우는 동안,

복도에선 가방 모찌, 삼식, 정욱이 나머지 놈들을 마크하며 싸운다.

현진은 한쪽 구석에서 어떻게 빠져나가야 되나 전전긍긍.

구씨는 우직하게 두 발을 땅에 짚고 서서 오는 놈들을 상대하는 식.

공격당하면, 오만상을 지으며 아픈 곳을 잡았다가 크게 숨을 들이마시며 또 상체를 일으켜, 한두 걸음 가서 상대하고… 그런 식으로 두 명을 정리하고. 마지막으로 우두머리를 상대하고. 그리고 엉망인 손으로 일수 가방을 챙겨 들고. 바닥을 두리번거리다가 밟히고 찢어져 더러워진 종이를 집어 든다. 일 매출 자료. 그걸 일수 가방에 넣으며… 복도로.

복도에선, 캐비닛에 넣어뒀던 돈 가방을 이리 뺏기고 저리 뺏기던 중에, 모두 나가떨어지고, 가방 모찌와 놈1만 남은 상황.

가방 모찌는 곤죽이 되어가는 와중에도 가방을 사수하려고 놓지 않고.

그걸 잔인하게 패는 놈1.

그걸 보자 뚜껑이 날아가는 구씨는 놈1을 패는데, 짜증 나고 성질나서 패는 느낌.

놈1이 나가떨어지면, 구씨는 힘들게 쪼그려 앉아 만신창이가 된 가방 모찌의 상태를 확인하고. "야. 얌마."

그때 겁먹은 얼굴로 조용히 사무실에서 나오는 현진. 마치 '자경아, 괜찮아?'라고 할 것 같은 얼굴인데, 조용히 다가와 냅다 보스턴백을 들고 튀고.

돌겠는 구씨. 일어나 근처에 있던 뭔가(깨진 술병, 나무토막)를 들어 던져버리고.

현진은 그걸 맞고 꽈당. 그래도 발딱 일어나 비틀거리며 가방을 들고 튀는 현진.

#현진 업소 앞. 비틀거리며 정신없이 달려가는 현진.

#지쳐서 복도에 서 있는 구씨.

66. 구씨 오피스텔 (다음 날, 낮)

열린 커튼 틈 사이로 강렬한 햇살. 음영 차이가 확 나는 실내. 코트도 벗지 않고, 상처 난 얼굴과 손등이며 전날의 만신창이 모습 그대로 앉아 있는 구씨. 또 우르르 몰려오는 사람을 상대하듯, 분노에 창창한 눈빛. 눈도 깜빡이지 않고, 동상처럼 정지해 있는. 그렇게 있다가 힘든 듯 심호흡을 하고. 핸드폰을 들고. 잠시 망설이다가 [현진이형]을 터치하고. 계속 신호음이 가나 받지 않고. 음성 사서함으로 넘어가고. 거기에 말하는 구씨.

구씨   이제 아침에 일어나 맨정신일 때 우르르 찾아오는 인간들 중에 형도 있는데. 아침부터 쌍욕하게 만드는 인간들 중에 형도 있는데. 형. 환대할게. 환대할 거니까. 살아서 보자. (끊고)

음악이 스타트되며, 앉은 채로, 힘들게, 무거운 코트를 벗고, 그리고 가뿐한 옷으로 갈아입고, 양말을 갈아 신고… 그런 동작들이 너무 힘든데, 어금니 꽉 깨물고 하는. 그리고 옷장 문을 가로막고 있는 수북한 빈 병들을 한쪽으로 치우고, 옷장을 열고, 옷장 바닥 서랍에 있는 현금(3억 정도)을 가방에 넣고. 일어나 가벼운 점퍼를 입고.

67.   구씨 오피스텔. 복도 (낮)

복도를 걸어가는 굳은 얼굴의 구씨.
엘리베이터로 가는데, 엘리베이터 안에서 한 여자애(네다섯 살 정도)가 까치발을 들고 열림 버튼을 누르고 오는 구씨를 본다. 구씨가 타자마자 뒤로 물러나 엄마 옆으로 가고. 수줍어 죽겠으면서도 생글거리며 구씨를 빤히 보는 여자애. 무뚝뚝하게 서 있는 구씨의 얼굴 위로.

구씨   (E) 7초… (설렜다는)

68.   구씨 오피스텔 앞 (낮)

구씨가 건물에서 나오고. 여전히 무뚝뚝하게 걸어가고.

69.   편의점 (낮)

포켓 사이즈 양주를 꺼내 계산대 쪽으로 가는 구씨.

70.   거리 일각 + 여의도 거리 일각(낮)

#편의점에서 나와 주머니에서 술을 꺼내는데 5백 원짜리 동전이 딸
려 나와 또르르 굴러가고. 하수구가 있는 곳으로 굴러간다. 백 퍼 빠
진다 싶은 구씨의 시선.
#가만히 하수구를 내려다보는 구씨. 동전이 가로로 걸려 있다. 톡 치
면 떨어지는, 아슬아슬하게 걸려 있는 동전. 자신을 보는 것 같은.
행여 떨어질까 조심스럽게 동전을 집어 들고.
#다시 뚜벅뚜벅 걸어가는 구씨의 뒤로 보이는 노숙자.
  자는지, 구부정하게 엎드려 있는 노숙자 옆에 놓인 포켓 사이즈 술병.
#그리고 남자 동료 두 명과 밝은 얼굴로 얘기하며 가는 미정의 모

습 위로

미정   (E) 해방일지에 그런 글이 있더라. 염미정의 인생은 구씨를 만나기 전과 만난 후로 나뉠 것 같다는.

#뚜벅뚜벅 걸어가는 구씨 위로

구씨   (E) ⋯⋯미 투.

#환한데 뭔가 수줍은 미정의 얼굴 위로

미정   (E) 나 미쳤나 봐. ⋯내가 너무 사랑스러워. / 마음에 사랑밖에 없어. 그래서 느낄 게 사랑밖에 없어.

#그런 밝은 미정의 얼굴.
  그리고 여전히 발걸음은 힘들어 보이지만, 얼굴은 좀 풀어진 구씨 위로.

구씨   (E, 다짐처럼) 한 발, 한 발⋯ 어렵게, 어렵게⋯

그렇게 가는 미정과 구씨의 모습에서.

-끝

배우 인터뷰

"드디어 원해왔던 대본을 만난 느낌이었습니다."

손석구

(구씨 역)

'구찌보다 구씨'라는 말이 회자될 정도로 반응이 뜨거웠습니다. 김석
윤 감독님이 손석구 배우를 캐스팅하기 위해 설득하는 과정에서 "장
르로 분류되는 작품도 있지만 거기에 속하지 않는 다른 작품도 있어
야 한다"라는 말씀을 하셨다고 들었습니다. 어떤 마음으로 작품을 선
택하게 되었는지 궁금합니다.

처음 대본을 읽었을 때 드디어 원해왔던 대본을 만난 느낌
이었습니다. 드라마나 영화에서만 볼 수 있는 극적인 상황
으로 채워진 이야기가 아닌 우리의 진짜 일상을 박해영 작
가님 고유의 시선으로 볼 수 있어서 좋았습니다. 경기도민
의 삶, 가족, 죽음에 대한 현실적인 물음 등 작가님이 깊이
있게 다뤄온 주제를 「나의 해방일지」에서 다시 접했을 때
진솔한 울림과 반가움이 있었습니다. 그리고 그것을 내가
어떻게 표현할 수 있을지 보고 싶었습니다.

평범한 염씨네 가족과 달리 구씨는 보편적인 삶을 살아온 인물이 아

니에요. 직업도, 사연도 초반에는 드러나지 않고요. 대사도 많지 않아요. 그저 낮에는 일하고 밤에는 술을 마십니다. 구씨라는 캐릭터의 어떤 부분을 가장 깊이 연구했나요?

특별히 조사한 부분은 없지만 과연 어떤 사람이어야 세상과 담을 쌓고 스스로를 극도로 혐오하는 지경까지 갈 수 있을지 고민을 많이 했습니다.

눈빛이나 몸짓, 행동만으로 표현해야 할 때가 많았을 것 같은데요. 연기할 때 힘든 점은 없으셨나요?

기본적으로 대사가 없는 연기를 선호하는 편이라 어려움은 없었습니다. 오히려 부담 없고 좋았어요. 다만 궁금증은 있었습니다. "구씨가 대꾸를 안 하는 이유가 사람들이 하는 말을 안 들어서일까? 듣고도 무시하는 걸까?" 대본 리딩할 때 작가님께 여쭤본 기억이 있는데, 후자라고 하셨습니다. 구씨는 예민하게 다 듣고 있을 거라고요.
개인적으로는 15, 16화를 연기할 때 고민이 많았습니다. 드라마 후반부에 밝혀지는 구씨의 정체를 시청자에게 설득시키기 위해 극 초반에 구씨의 정서를 더 어둡게 가져갔어야 하는 건 아니었나 하는 뒤늦은 후회를 하며 갈피를 못 잡고 있을 때, 감독님께서 끊임없이 변화하는 인물의 마음과 상황을 하나하나 섬세하게 설명해 주셨습니다.

배우 인터뷰: 손석구

상대 배우와의 합은 어땠나요? 김지원 배우(염미정 역), 천호진 배우(염제호 역)와 가장 밀접하게 호흡을 맞추셨죠? 말없이 서로를 챙기는 제호와 구씨의 관계가 특히 인상 깊었어요.

천호진 선배님은 연기를 할 때와 아닐 때가 거의 구별이 되지 않았는데, 의도하신 건지는 지금도 잘 모르겠지만 선배님 특유의 고요함이 편안해서 저 또한 굳이 대화를 나누려는 시도를 하지 않았고, 그래서인지 말 없는 사람 간의 연기가 자연스럽게 다가왔습니다.

지원이는 배려심이 깊은 친구여서 제가 감동할 때가 많았습니다. '프로'라는 말이 어울리는 배우라고 생각했고 보면서 많이 배웠습니다. 드라마를 이해하는 방식이 저와 매우 비슷해서 함께 만들어가는 재미도 컸습니다.

어떤 장면이 가장 기억에 남나요?

어머니가 돌아가시고 염가네 식구가 떠난 바닷가 여행에서 창희와 아버지의 대화 장면이 기억에 남습니다. "아버지 옆엔, 아직 셋이 있습니다. 아버지. 애정합니다"라고 말하는 창희의 성숙한 고백을 들은 천호진 선배님의 표정을 보고 많이 울었습니다. 미정이의 그 유명한 대사, "날 추앙해요"도 좋아하고요.

251

김석윤 감독님이 손석구 배우님께 "배우로서 많은 것들이 바뀔 거다"
라고 말씀하셨다는 인터뷰를 봤습니다. 실제로 작품을 찍고 나서 어
떤 변화가 생겼나요?

이 작품을 찍고 나서 진보다 대사나 지문을 전달하는 데 좀
더 여유가 생겼습니다.

「나의 해방일지」는 한국에서 지금을 살아가는 이들이 가장
진솔하게 공감하고 위로받을 수 있는 드라마라고 생각합니
다. 그리고 제게는 그리우면서도 뿌듯한 작품입니다. 덕분에
아름다운 여정을 경험할 수 있었습니다.
오랜 시간이 지난 후에도 가끔 스스로가
작게 느껴질 때 한 번씩 꺼내 보며
위로받고 자신감을 얻을 것 같습니다.
저에게 너무나도 특별하게 남은
작품을 함께 사랑해 주셔서
깊이 감사드립니다.

작가 인터뷰

"시청자들도 저처럼 저처럼 수줍고 조심스러운 인간에 대한 애정이 있을 거라고 믿기로 했습니다."

박해영

「나의 아저씨」이후「나의 해방일지」로 또 다른 인생 드라마를 낳으셨는데요. '이번에는 어떤 작품을 쓰겠다'는 목표가 뚜렷하게 있으셨나요?

당시 끄적였던 노트를 보면, 처음엔 대책 없이 해맑은 얘기를 쓰겠다고 다짐했던 것 같습니다. 매번 시작은 늘 '웃기게'입니다. 이번엔 반드시! 꼭! 포복절도! 사레들릴 때까지 웃게! 그런 결심으로 시작하나 쓰다보면 여지없이 깊어지는…. 아무래도 16부작을 끌고 가려면 한 겹짜리 인물로는 힘들기에 그렇게 되는 것 같습니다.

기획부터 탈고까지 3~4년이 걸리는데, 첫 단추부터 아귀가 딱 맞아 들어가게 쓰지는 못합니다. 그냥 느낌으로 시작해서, 어떤 인간이 그리고 싶나, 이 산으로 올라보고, 저 산으로 올라보고…. 그러다가 어렴풋이 윤곽이 나옵니다.

머릿속엔 밭일하는 젊은이들 이미지가 있었고, 삼 남매가 있었고, 외지인이 있었습니다. 그 인물들에 집중하면서 스토리를 하나하나 만들어갑니다. '해방'이라는 단어도 처음부터 키워드로 잡고 시작한 건 아니었습니다. 인물에 집중하다가 나온 단어였습니다.

그렇다면 대본을 쓰실 때 매번 웃음를 지향하는 이유는 무엇이며, 번번이 실패하는 이유는 무엇일까요?

이뻐죽겠는 인간을 보고 싶고, 사랑스러운 인간에 빨려 들어가고 싶습니다. 그런 인물이 시청자 보기에도 좋고, 쓰는 저도 즐겁습니다.

또 드라마는 쾌(快)와 핵(核)이 있어야 하는데, 코미디가 쾌는 확실하죠. 그런데 그렇게 코미디에 힘을 줘서 쓰다 보면 어느 순간 버거워지는 타이밍이 오더라고요. 시청자가 인물에 자연스럽게 스며들어야 하는데, 우격다짐으로 밀어붙이는 느낌이랄까요. 아무래도 16부작을 끌고 가려면 한 겹짜리 인물로는 힘들기에 그렇게 되는 것 같습니다.

그리고 전 여전히 수줍고 조심스러운 사람한테 끌리더라고요.

경기도에 살면서 서울로 출퇴근하는 삼 남매라는 설정이 무척 현실적입니다. 삼 남매의 고된 출퇴근길을 비중 있게 다루고 있는데요. (이후로도 반복되고요.) 경기도라는 변두리성을 평범에서도 조금 뒤쳐진 인물들을 대변하는 장치로 보여주려는 생각은 어떻게 하게 되셨나요?

저한테는 자연스러운 장치였습니다. 제가 49년간 경기도민

작가 인터뷰: 박해영

이었습니다.

지인분이 「나의 해방일지」를 보고, 아웃사이더 감성을 진짜 물리적인 아웃사이더를 통해서 보여줬다고 했는데, 짧게 잘 정리한 말 같았습니다.

염미정과 구씨, 삼 남매의 엄마 아빠까지, 유독 과묵한 인물이 많아요. 대본을 보면 대사보다 지문의 지분이 더 크다는 느낌이 듭니다. 말 대신 인물의 행동이나 상황을 통해 의미를 전달해야 하니까 그 나름의 어려움이 있었을 것 같은데요. 어떠셨나요?

대사가 없다는 생각은 전혀 못 했습니다. 다만 미정과 구씨는 말수가 적은 인물이라, 주요 인물 넷 중에 둘이 말이 없어서 그렇게 느끼셨을 수도 있는데, 기정과 창희는 참 말이 많습니다. 이렇게 말이 많아도 되나 싶을 정도로요.

미정과 구씨만 놓고 보자면, 질문하신 것처럼 말수 적은 인물로 극을 끌어가려니 좀 버거운 면이 있었습니다. 리드미컬하게 흘러야 시청자들을 사로잡을 수 있고, 리듬을 주기 제일 쉬운 방법이 대사를 짧게 주고받는 건데, 그런 말재간을 부리는 인물들이 아니니…. 해서 속에 있는 말을 함축적으로 하면서 집중도를 높이는 방법을 택했습니다. 그리고 시청자도 저처럼 수줍고 조심스러운 인간에 대한 애정이 있을 거라고 믿기로 했습니다.

대사가 적다보니 인물이 내뱉는 한 마디 한 마디가 귀하고 더 무게감이 생기더라고요. 허투루 쓰인 대사가 없다는 생각이 들 정도로 좋은 대사가 많았습니다. 작가님이 애정하는 대사가 궁금합니다.

현아가 "넌 나처럼 갈구하지 마. 사랑으로 폭발해 버려"라고 말한 장면이 좋았습니다. 저 역시 그렇게 해보고 싶었습니다. 사랑으로 폭발!
구씨의 대사 중 "취했을 때의 내가, 맨정신일 때의 나보다 인정이 많아"는 술을 좋아하는 지인이 한 말이었습니다. 그렇겠구나 싶었습니다. 우리가 술을 마시는 이유도 술 취해서 하이해지는 자신이 마음에 들어서가 아닐까 싶었습니다.
기정이가 마을버스에서 울고 나서 "어우, 간만에 잘 울었다"라고 말할 땐 슬픈 감정을 툭 끊어내는 것 같아 좋았습니다.
미정의 대사 "애는 업을 거다"; "세 살 때… 일곱 살 때… 열아홉 살 때… 어린 시절의 당신 옆에 가 앉아서, 가만히 같이 있어주고 싶다…"는 인물이 뜨끈해지는 것 같아서 좋았습니다.
창희의 대사 "형. 난. 1원짜리가 아니고. 그냥. 저 산이었던 것 같애. 저 산으로 돌아갈 것 같애"는 자신의 길을 담담히 받아들이는 인물이 안쓰러워서 좋았습니다.

작가는 자신이 가진 다양한 일면 중 조금씩을 작품 속 인물에 투영하고 또 극대화해 캐릭터를 만든다고들 합니다. 「나의 해방일지」에 나오는 인물에 작가님의 자아가 투영되어 있나요?

작가 인터뷰: 박해영

염미정, 염기정, 염창희, 구씨… 모두 제 속에 있는 인물입니다. 구씨처럼 눈앞에 사람이 왔다 갔다 하는 것도 싫을 정도로 무기력과 짜증의 끝판왕일 때도 있고, 염창희처럼 주변을 살피면서 뻑뻑한 분위기에 윤활유 역할을 자청할 때도 있고, 염기정처럼 욕구불만이 머리끝까지 차서 다 둘러엎고 싶을 때도 있습니다. 그리고 남들이 이 셋의 역할을 할 땐 제가 염미정 역할을 하기도 합니다. 조용히 둘러보고, 듣고…. 비율의 차이만 있지 많은 분이 이 네 명의 역할을 번갈아 할 거라 생각됩니다.

15화에서 창희가 "저 산으로 돌아갈 것 같애"라고 말해요. 시청자가 이 대사의 의미를 궁금해하고 다양하게 해석하더라고요. 어떤 의미인가요?

되도록 구체적이고 적확한 단어와 에피소드로 구현하려고 하지만, 어떤 것은 구체적으로 설명하면 맛이 떨어져 추상적으로 남겨둬야 하는 것들이 있습니다. 15화에서 창희의 엔딩 대사가 그렇습니다. 산이 의미하는 바는 앞에서부터 차근차근 설명했기에 이해가 안 되지는 않을 테지만, 15화 엔딩에 "형. 난. 1원짜리가 아니고. 그냥. 저 산이었던 것 같애. 저 산으로 돌아갈 것 같애"라는 대사는 해석이 분분할 것으로 생각됩니다. 설명하면 맛이 떨어지고, 그리고 제 느낌을 백 퍼센트 설명할 수도 없지만, 그럼에도 설명해 보자면….
창희는 사회화가 잘된 인물입니다. 어떻게든 사람들의 기대에 맞춰 살아가려고 하지요. 남들처럼 대학도 가고 취직도 하고 연애도 하고. 어차피 그 길 끝에 행복이 있을 거라고 생각하지는 않지만요. 역시나 그 길 끝에 행복이 있지 않았습니다. 그가 살아오면서 한 일은 염창희라고 불리는 한 인간을 조금이라도 도드라져 보이게 하는 거였습니다. 나 같은 인간이 77억이고, 77억이 다 나 같은 심정으로 살 텐데, 그렇게 될 리 만무하다는 걸 저 가슴 속 깊은 곳에서는 알았지만 그래도 해봤습니다. 실패했습니다.

그.렇.다.면! 그냥 산 하자! 흐르는 물은 선두를 다투지 않는다는 말을 좋아합니다. 흐르는 물에 한 방울 두 방울이 어디 있을까요? 나라는 한 인간에 대한 고군분투를 놓고, 전체성으로 흘러가 보자, 인류로 남자, 나라는 정체성을 좀 더 확장해 보자…. 아마도 그런 의미 아니었을까 싶습니다.

김석윤 감독님과 그런 대화를 나눈 적이 있습니다. 염창희는 곧 득도할 거라고. 상근기에 해당하는 놈이라 다시 태어날 일도 없을 거라고요.(웃음)

12화 중 현아가 "좋은 드라마란, 주인공이 뭔가를 이루려고 무지 애쓰는데… 안 되는 거래. 그거 보고 접었어. 인생하고 똑같은 걸 뭐 하러 써. 재미없게"라고 하는 대사가 인상적이었습니다. 실제로 출처가 있는 말인가요?

후배 작가네 냉장고에 붙어 있던 글귀입니다. '좋은 드라마

작가 인터뷰: 박해영

란 주인공이 뭔가를 이루려고 부단히 애쓰는데도 결코 이루어지지 않는 것'이라고 쓰여 있었습니다. 아마도 유명한 시나리오 작법 책에 있는 글귀가 아닐까 싶습니다. 그때 한참 「나의 해방일지」 대본을 쓸 때였습니다. 인물들이 다들 뭐 하나 되는 게 없어 보였습니다. 이렇게 가도 되나 싶었는데, 그 글귀를 보면서 좀 통쾌했습니다. '그치. 갑자기 잘되면 그건 말짱 거짓말이지.' 저는 항상 인물을 한 걸음도 아니고, 반 걸음만 전진하게 하는 마인드로 글을 썼던 것 같습니다.

구씨가 미정에게 상담을 제안하며 "그렇게 저물자"라고 말합니다. '저물자'라는 표현은 어떤 의도로 쓰신 걸까요?

"저물자"가 아니고, "저무리자"였습니다. 마무리하자는 의미였습니다. 알콩달콩 천년만년 잘 사는 건 애초에 불가능한 관계였고, 그런 관계를 원했던 사이도 아니었고, 그렇다고 지금 당장 헤어지는 건 싫고, 그런 식으로 관계를 마무리해 나가자는 구씨의 마음이었던 것 같습니다.

'추앙'이라는 단어가 이렇게 회자될 줄 아셨나요?

이렇게까지 회자될 거라고는 생각하지 못했습니다. 다만 핵이 담긴 대사이니, 방영 전에 이 대사만은 꼭꼭 숨겨야 한다는 생각은 있었습니다.

미정과 구씨의 서로를 향한 추앙 중에 가장 중요하게 생각한 행동이
나 말이 있나요?

미정이가 구씨한테 술 마시지 말라는 말 안 하겠다고 했던
말이 중요했습니다. 술 마시지 말란다고 안 마시는 사람, 저
못 봤습니다. 알콜중독자 수준으로 매일 마시는 사람한테
술 마시지 말라는 건 '넌 틀렸다'라고 또 한 번 낙인찍고,
'똑바로 살라'고 또 한 번 잔소리 하는 것과 다를 바 없다고
생각합니다. 그게 그 사람에게 도움이 될까요?
미정이는 망가진 구씨를 고쳐 쓰겠다는 욕망이 있는 사람이
아닙니다. 그러니 술을 끊고 안 끊고가 중요한 게 아니었습니
다. '이번 관계에서 우리 서로 배우자. 난 왜 모든 관계가 노동
이고, 당신은 어떤 관계에서 어떻게 다쳤기에 이렇게 술을 마
시는지 모르겠지만, 우리 이번에는 배우자. 그래서 한 걸음이
라도, 반 걸음이라도 좀 나아져 보자…' 그런 심정이 많이 담
긴 대사가 "술 마시지 말란 말 안 한다"였던 것 같습니다.

해방클럽의 강령과 부칙은 어떤 기준으로 만드신 건가요?

직시하지 않음이 모든 고통의 근원이라고 어디서 본 적이

있습니다. 그래서 '행복한 척하지 않겠다, 불행한 척하지 않겠다, 정직하게 보겠다'를 강령으로 설정했습니다.

'조언하지 않는다, 위로하지 않는다'라는 부칙은 사람들이 힘든 처지를 말할 때 위로받고 싶어서라기보다는 그냥 말이 하고 싶어서라는 느낌이 들었습니다. 속에 있는 걸 꺼내놓고 싶은 마음. 어떤 분이 너무 분통 터지는 일을 겪었는데 누구한테 하소연하기엔 창피해서 일기라도 쓰고 싶었다고 합니다. 그런데 일기도 언젠가는 누군가 읽어주겠지 상정하는 마음이 있더라고 하더군요. 그렇겠다 싶었습니다. 토로하는 사람의 목적은 말 그대로 '토로'에 있는 것 같았습니다. 그걸 몰랐을 땐 적절한 조언을 해줘야 된다는 강박도 있었고, 내 조언이 무시되면 상처도 받고 그랬던 것 같습니다. 이제 그냥 조용히 듣는 것에 좀 편해졌습니다.

작가님은 해방이 필요하다고 느낄 때 어떻게 하시나요?

숨을 천천히 조용히 쉽니다. 뇌의 가동을 멈추는 느낌으로 생각을 멈추고. 그리고 먼 산을 보거나, 하늘을 보거나, 눈을 감거나 합니다.

「나의 해방일지」가 시청자들에게 어떤 드라마로 기억되길 바라시나요?

힘들 때, 되뇌어서 도움이 되는 말이 한 구절만이라도 있기를! 한 구절이면 충분할 것 같습니다.

마지막으로 「나의 해방일지」를 사랑해 주신 팬들에게 한 말씀 부탁드립니다.

「나의 해방일지」가 끝나고 어떤 감독님이 그런 말씀을 하셨습니다. 이제는 시청자를 믿고 가도 되겠다는 확신이 드셨다고. 어떤 식으로든 핵이 있으면 시청자분들은 봐주신다고. 솔직히 저도 이런 글이 통할까 우려하는 마음이 있었습니다. 그럼에도 뜨거운 사랑을 받아서 과분할 따름입니다. 저뿐만이 아니라 업계에 있는 다른 분들께도 힘을 주셔서 감사하다는 말씀, 꼭 전하고 싶습니다. 감사합니다.

이 지면을 빌어, 감사의 말씀을 꼭 전해야 되는 분들이 있습니다. 제가 샛길로 빠질 때마다 정확히 짚어주신 김석윤 감독님. 뒤돌아보면 삐끗할 뻔한 타이밍이 한두 번이 아니었습니다. 생각만 해도 아찔합니다. 덕분에 목적지에 무사 안착할 수 있었습니다. 그리고 글에 생명을 입히신 배우님들, 대본을 끌어안고 현장에서 애쓰신 200명의 스태프분들! 함께해서 영광이었고, 감사했습니다.

박 해 영

작가 인터뷰: 박해영

스틸컷

드라마를 만든 사람들

제공	SLL	미술팀	최미라 김현혜 신주아
제작	스튜디오피닉스		서혜림
	초록뱀미디어 SLL	세트제작	[아트레이드] 남성주
		소품	[아우라] 명재현 강성현
출연	이민기 김지원 손석구 이엘	소품팀	임윤빈 이승현 김유진
	천호진 이기우 박수영 정수영		이지현
	이경성 김로사	소품인테리어	강유미
		의상	[랑] 이혜란
			진승희 유수빈
연출	김석윤	분장미용	[차차] 차민정
극본	박해영		이혜연 이유리
제작	김석윤 김상헌 조준형	특수효과	[에이스이펙트] 전건익
총괄프로듀서	황라경	연출승합차	[건아이글스] 김동현
프로듀서	김성아	카메라승합차	[건아이글스]
			황경태 이종현
		제작승합차	[건아이글스] 최교환
		버스	[유진네트관광] 장호정
촬영	장남철 정진광 김홍중 소홍섭	스텝버스	[유진네트관광] 이학
촬영 1ST	신수아 나윤영	소품차량	서장원
촬영팀	홍덕형 장지우 유민우	특수차량	[인아트웍] 심대섭 박민철
	이용건 이승호 고영호	편집	이보열
	백승원 김현우	편집보조	성나연 김은경
DIT	[디지털이미지웍스] 조형민 김진수		
조명	[상록프로덕션] 조득상		
조명 1st	유광희	음악	김태성
조명팀	이성재 공병환 김영은	작곡	최정인 임미현 박정은 김연정
	정윤재 이도흠		윤채영 신현필 옹성은
발전차	윤한재	음악효과	[그랜드슬램뮤직] 홍가희
동시녹음	[사운드베스트] 김명우	OST 제작	[스튜디오 마음C] 마주희
	최현우 정경윤		강연희 양지현
그립	[영상뱅크] 곽경무 김대원	Sound Design	[Wavelab]
지미집	홍경신	Sound superviser/mix	이성진
캐스팅디렉터	최철웅 임아름	Re-recording Mixer	한명환
보조출연	[라인엔터테인먼트]	Sound Designer	정지영 박지혁
	이현우 유성열		김유훈 이승연
무술	[LUCY엔터테인먼트]	Foley Mixer	송윤재
	류현상 김탁호	Foley Recording	성현아
미술	[에이제이아트] 안정훈	Foley Artist	김용국

VFX [RAF Studio]

Executive VFX Supervisor 동은철

VFX Supervisor 선동균 이종혁

Motion Graphics Artist 최민우 김윤정
　　　　　　　　　　조규상 탁수환

2D Artist 명대운 최재준 박치현
　　　　　김성목

3D Artist 이서은 권윤아 최지성

Concept Artist 김연수

DI [DEXTER THE EYE]

Colorist 김일광

Assistant Colorist 김자남 서강혁

종합편집 [JTBC 미디어텍] 이용직

기술지원 [JTBC 기술기획팀] 박연옥
　　　　　김보경 박진우 안종현

JTBC 홍보 재주연 백상영 조유진

JTBC 마케팅 이혁주 이희원

JTBC 웹기획 이성미 임아름

JTBC 웹운영 윤다원 김예진

JTBC 웹디자인 김지영

JTBC 메이킹편집 강혜린 서현수

JTBC 온라인서비스 디지털서비스팀
　　　　　　　　인코딩실

JTBC 미디어컴 2S솔루션
　　　　　　　이종민 김은란

홍보대행 [피알제이] 박진희 김소영

마케팅대행 [월터미티컴퍼니]
　　　　　정경진 류혜원

온라인홍보대행 [프리엠컴퍼니]
　　　　　　　이혜원 안은정
　　　　　　　조은미 나예진
　　　　　　　강지원 김지영

스틸/메이킹 [블리스콘텐츠] 김호빈
　　　　　정한나 박수현

포스터/디자인 [피그말리온]

포스터사진 박정민

대본인쇄 [엔젤북스] 한동민

보조작가 남혜진 곽이랑

제작사 [초록뱀미디어]

제작행정 이응길 고원준 이원구
　　　　김윤수 이재숙 이원주

제작관리 김경희 홍민지

제작사 [STUDIO PHOENIX]

제작행정 강윤희

SLL 사업국 방진호

SLL 콘텐츠솔루션 오승환

SLL 제작관리 최민영 강홍래

제작PD 고진혁 노종현 김로사

장소섭외 이현득 한병희 봉지수

SCR 노주현

연출부 하누리 오규철 김하연
　　　　김건주

외부조연출 안홍모

내부조연출 우아름

조연출 최보윤 이승현

나의 해방일지

4

초판 1쇄 발행 2023년 1월 27일
초판 7쇄 발행 2024년 9월 30일

지은이 박해영
펴낸이 김선식

부사장 김은영
콘텐츠사업본부장 임보윤
책임편집 박하빈
콘텐츠사업2팀장 김보람
콘텐츠사업2팀 박하빈, 이상화, 채윤지, 윤신혜
편집관리팀 조세현, 김호주, 백설희
저작권팀 이슬, 윤제희
마케팅본부장 권장규
마케팅2팀 이고은, 배한진, 양지환
미디어홍보본부장 정명찬
브랜드관리팀 오수미, 김은지, 이소영, 서가을
지식교양팀 이수인, 염아라, 석찬미, 김혜원,
박장미, 박주현
뉴미디어팀 김민정, 이지은, 홍수경, 변승주
재무관리팀 하미선, 윤이경, 김재경, 임혜정,
이슬기, 김주영, 오지수
인사총무팀 강미숙, 지석배, 김혜진, 황종원

제작관리팀 이소현, 김소영, 김진경, 최완규,
이지우, 박예찬
물류관리팀 김형기, 김선민, 주정훈, 김선진, 한유현,
전태연, 양문현, 이민운
외부스태프 김은하(교정교열)

펴낸곳 다산북스
출판등록 2005년 12월 23일 제313-2005-00277호
주소 경기도 파주시 회동길 490
대표전화 02-704-1724 **팩스** 02-703-2219
이메일 dasanbooks@dasanbooks.com
홈페이지 www.dasanbooks.com
블로그 blog.naver.com/dasan_books
종이 아이피피 **인쇄** 북토리
코팅·후가공 제이오엘엔피 **제본** 국일문화사
ISBN 979-11-306-9617-1 04810
979-11-306-9606-5 (세트)